首届向全国推荐优秀古籍整理图书

放翁詞編年箋注

〔宋〕陸 游 著
夏承燾
吳熊和 箋注
陶 然 訂補

增訂本

上海古籍出版社

圖書在版編目(CIP)數據

放翁詞編年箋注/(宋)陸游著；夏承燾，吴熊和箋注；陶然訂補．—增訂本．—上海：上海古籍出版社，2012.7
(2024.1重印)
(中國古典文學叢書)
ISBN 978-7-5325-6434-7

Ⅰ.①放… Ⅱ.①陸… ②夏… ③吴… ④陶… Ⅲ.①宋詞—注釋 Ⅳ.①I222.844

中國版本圖書館CIP數據核字(2012)第059915號

中國古典文學叢書
放翁詞編年箋注
(增訂本)
[宋]陸 游 著
夏承燾 吴熊和 箋注 陶 然 訂補
上海古籍出版社出版發行
(上海市閔行區號景路159弄1-5號A座5F 郵政編碼201101)
(1) 網址：www.guji.com.cn
(2) E-mail：gujil@guji.com.cn
(3) 易文網網址：www.ewen.co
上海展强印刷有限公司印刷
開本 850×1168 1/32 印張 8.125 插頁 5 字數 170,000
2012年7月第1版 2024年1月第6次印刷
印數：6,051-6,550
ISBN 978-7-5325-6434-7

I·2548 精裝定價：48.00元

如發生質量問題，請與承印公司聯系
電話：021-66366565

論陸游詞（代序）

陸游詞的成就不能和他的詩並稱，這和辛棄疾的詩不能和他的詞的成就並稱一樣。前人評論陸游詞的，明代楊慎説它「纖麗處似淮海，雄慨處似東坡」。毛晉添一句説：「超爽處似稼軒。」（毛刊《放翁詞》跋）都還只是泛泛比較。清代劉熙載説它「乏超然之致，天然之韻，是以人得測其所至」（《藝概》二），似乎過貶。馮煦説：「劍南屏除纖豔，獨往獨來，其逋峭沉鬱之概，求之有宋諸家，無可方比。」（《宋六十家詞選・例言》）又近于過譽。《四庫提要》説陸游欲驛騎東坡、淮海之間，「故奄有其勝，而皆不能造其極」，則是較中肯之論。本文擬就陸游詞各方面試作探討，談談它的獨到處。先從「詩餘」一辭談起。

詞名「詩餘」，起于南宋。後來有些詞家不滿意這個名稱，説：「古詩之於樂府，近體之於詞，分鑣並騁，非有先後。謂詩降爲詞，以詞爲詩之餘，殆非通論矣。」（清代汪森作《詞綜・序》）這話就文學發展史來説，原有其相當正確的理由；但是就某些詞家對詞這種文學的態度來説，這個名稱也反映了他們創作的實際情況。南宋初年胡寅題向子諲的《酒邊詞》説：

> 詞曲者，古樂府之末造也，……名之曰「曲」，以其曲盡人情耳。方之曲藝，猶不逮焉，其去

《曲禮》則益遠矣。然文章豪放之士鮮不寄意於此者，隨亦自掃其迹，曰謔浪遊戲而已。……

以「謔浪遊戲」而「自掃其迹」，確是當時一般詞人否定這種文學創作的自歉心理。由于詞起於民間小調，由于它所配的音樂是「花間」、「酒邊」的「宴樂」，加之柳永、曹組諸人之作，多用娼妓口吻寫狎媟情事，在某些文人看來，這是有損於正統文學的尊嚴的，所以當時文人寫這種文學的大都帶些歉疚情緒。就今所知，南宋人詞集以「詩餘」自名的，有林淳的《定齋詩餘》、廖行之的《省齋詩餘》等等（見《直齋書録解題》）。這裏面有的是自謙，有的是自歉。

但是，以「餘」爲名，不一定都是貶辭。韓愈說：「餘事作詩人。」以「餘事」爲詩，必其人有他的事業學問在詩之外，這只有大作家像屈原、杜甫輩足以當之。陸游《示子遹》詩云：「子果欲學詩，工夫在詩外。」陸游一生，匡復志事，到老不衰，可謂不愧其言。說陸游之詩是他一生匡復志事之餘事，那麽，他的詞又該是他的詩的餘事。以「詩餘」稱他的詞，豈不是名符其實？這對作者來說，原是褒辭而並不是貶辭。

但是就陸游平生議論看來，他原是瞧不起詞這種文學的。他的文集裏有幾篇關於詞的文字，一篇是自題《長短句序》：

雅正之樂微，乃有鄭、衛之音。鄭、衛雖變，然琴瑟笙磬猶在也。及變而爲燕之筑、秦之缶、胡部之琵琶、箜篌，則又鄭、衛之變矣。風、雅、頌之後爲騷、爲賦、爲曲、爲引、爲行、爲謠、爲歌，千餘年後乃有倚聲製辭起於唐之季世，則其變愈薄，可勝歎哉！予少時汩於世俗，頗有所爲，晚而悔之；然漁歌菱唱，猶不能止。今絶筆已數年，念舊作終不可揜，因書其首，以識吾過。淳熙己酉炊熟日，放翁自序。（《渭南文集》十四）

這裏他明顯地說出他菲薄這種文學的看法，認爲它在傳統詩歌裏是「其變愈薄」的東西。「晚而悔之」、「猶不能止」二語，也說出自己創作的矛盾心理。另兩篇都是跋《花間集》的：

《花間集》皆唐末五代時人作，方斯時天下岌岌，生民救死不暇，士大夫乃流宕如此，可歎也哉！或者亦出於無聊故耶？笠澤翁書。（《渭南文集》三十）

說「士大夫乃流宕如此」、「或者亦出於無聊」，可以看出他對唐末五代詞的態度。第二篇說：

唐自大中後，詩家日趣淺薄，其間傑出者亦不復有前輩閎妙渾厚之作，久而自厭；然梏於俗尚，不能拔出。會有倚聲作詞者，本欲酒間易曉，頗擺落故態，適與六朝跌宕意氣差近，此集所載是也。故歷唐季五代，詩愈卑而倚聲者輒簡古可愛。蓋天寶以後詩人，常恨文不迨；大中以後，詩衰而倚聲作。使諸人以其所長格力施於所短，則後世孰得而議？筆墨馳騁則一，能此不能彼，未易以理推也。開禧元年十二月乙卯，務觀東籬書。（同上）

這裏一方面惋惜五代詞人枉拋心力，一方面又歎佩他們的才力有不可及處。這是有貶有褒之辭。另有《跋後山居士長短句》一篇說：

唐末詩益卑，而樂府詞高古工妙，庶幾漢魏。陳無己詩妙天下，以其餘作辭（應作「詞」），宜其工矣，顧乃不然，殆未易曉也。紹熙二年正月二十四日雪中試朱元亨筆，因書。（《渭南文集》二十八）

開頭三句，拿漢魏樂府比唐末詞，却是全面肯定語了。還有一篇《跋東坡七夕詞後》説：

昔人作七夕詩，率不免有珠櫳綺疏惜別之意；惟東坡此篇，居然是星漢上語，歌之曲終，覺天風海雨逼人。學詩者當以是求之。慶元元年元日，笠澤陸某書。（《渭南文集》二十八）

説「歌之曲終」，必是指詞而非詩。案蘇軾《東坡樂府》《鵲橋仙・七夕送陳令舉》下片：「客槎曾犯，銀河波浪，尚帶天風海雨。相逢一醉是前緣，風雨散、飄然何處！」所謂「居然是星漢上語」，知此跋「天風海雨」云云，確是評此詞。説「學詩者當以是求之」，那麽，他似乎把詞抬高到在詩之上了。總觀這五篇題跋，他對詞忽褒忽貶，似乎並無定見。五篇裏有四篇是明記作年的，《長短句序》淳熙己酉（一一八九）最早，《跋後山長短句》紹熙二年（一一九一）次之，《跋東坡七夕詞》慶元元年（一一九五）又次之，《跋〈花間集〉》的第二篇開禧元年（一二〇五）最後。可見他對詞的看法是逐漸由否定而趨向肯定。《跋〈花間集〉》的第二篇，大抵可以作爲他最後定論。但是在這一篇文字裏，他一面説五代「倚聲者輒簡古可愛」，一面又怪他們不能「以其所長格力（詞）施於所短（詩）」，他意識裏似乎仍是重詩輕詞的，由他看來，詞究竟不可能有和詩並列的地位。

以這種見解來創作，不可避免地會産生許多「輕心掉之」的率作。《放翁詞》裏就有好些這類作品：有的内容空虚，有的言辭拙僿，有的聲情不相稱。如《破陣子》，看調名該是激揚蹈厲的，而他作「仕至千鍾良易」、「看破空花塵世」兩首，却全是消沉頽廢語。

但是，這些在他的全集裏究竟是「瑕不掩瑜」的東西。他以一位大詩家而作這種在他看來是「餘事」的小品，在這些率作之外，也有決非一般作家所能及的好作品。蘇軾論學所謂「厚積而薄發」，「流於既溢之餘，而發於持滿之末」（《稼説・送張琥》），這可以拿來評贊大作家的小品，陸游的詞也正如此。

莊子説過幾個故事，《達生》篇裏的痀僂者承蜩：「吾處身也，若橛株拘；吾執臂也，若槁木之枝。雖天地之大，萬物之多，而唯蜩翼之知。吾不反不側，不以萬物易蜩之翼，何爲而不得！」《養生主》裏的庖丁解牛：「臣以神遇而不以目視，官知止而神欲行。」「以無厚入有間，恢恢乎其於游刃必有餘地矣！」這原是專精獨詣的境界。還有《徐無鬼》篇寫郢人斲鼻：「匠石運斤成風，聽而斲之，盡堊而鼻不傷，郢人立不失容。」以巨匠良工而作業外餘技，又何嘗不有其至美至樂之境！讀陸游的許多好詞，可作此體會。

陸游的詩，由江西派入而不由江西派出，精能圓熟，不爲佶屈槎枒之態，他的詞也同此風格。如《鵲橋仙・夜聞杜鵑》：

茅簷人静，蓬窗燈暗，春晚連江風雨。林鶯巢燕總無聲，但月夜常啼杜宇。催成清淚，驚殘孤夢，又揀深枝飛去。故山猶自不堪聽，况半世飄然羈旅！

如《蝶戀花》：

水漾萍根風卷絮。倩笑嬌顰，忍記逢迎處。只有夢魂能再遇，堪嗟夢不由人做。夢若由人何處去？短帽輕衫，夜夜眉州路。不怕銀缸深繡户，只愁風斷青衣渡。

如《鷓鴣天》：

杖屨尋春苦未遲，洛城櫻筍正當時。三千界外歸初到，五百年前事總知。吹玉笛，渡清伊，相逢休問姓名誰。小車處士深衣叟，曾是天津共賦詩。

如《鵲橋仙》：

華燈縱博，雕鞍馳射，誰記當年豪舉。酒徒一半取封侯，獨去作江邊漁父。輕舟八尺，低篷三扇，占斷蘋洲煙雨。鏡湖元自屬閒人，又何必官家賜與！

這些作品，有的深遠饒層次，有的輕倩流利，宛轉相生，而都字字句句「到口即消」，毫無艱難拮据之感。

以這種筆調寫這些抒情小品，聲情相稱，是陸游詞特色之一。陸游詞中也還有好些表達其愛國思想，抒寫一生不忘匡復志事的名篇。這類詞出於他手，也仍然是舉重若輕，神完氣定。如《蝶戀花》：

桐葉晨飄蛩夜語。旅思秋光，黯黯長安路。忽記橫戈盤馬處，散關清渭應如故。　江海輕舟今已具。一卷兵書，歎息無人付。早信此生終不遇，當年悔草長楊賦。

如《謝池春》：

壯歲從戎，曾是氣吞殘虜。陣雲高、狼煙夜舉。朱顏青鬢，擁雕戈西戍。笑儒冠自來多誤。　功名夢斷，却泛扁舟吴楚。漫悲歌、傷懷弔古。煙波無際，望秦關何處？歎流年又成虚度！

《訴衷情》：

當年萬里覓封侯，匹馬戍梁州。關河夢斷何處？塵暗舊貂裘。　胡未滅，鬢先秋，淚空流。此生誰料，心在天山，身老滄洲！

前調：

青衫初入九重城，結友盡豪英。蠟封夜半傳檄，馳騎諭幽并。　時易失，志難成，鬢絲生。平章風月，彈壓江山，别是功名！

這幾首都是寄寓乾道八年（一一七二）在漢中王炎幕府圖謀恢復不成的慨歎。漢中軍幕的一段生活，影響他一生的思想和創作。直到晚年，他還是不能去懷。他用多種手法在詞裏表達這種懷念心情。前舉四首是正面寫，也有以夢境寫的，如《夜遊宮·記夢寄師伯渾》：

雪曉清笳亂起，夢遊處、不知何地。鐵騎無聲望似水。想關河，雁門西，青海際。睡覺寒燈裏，漏聲斷、月斜窗紙。自許封侯在萬里。有誰知，鬢雖殘，心未死！

他詩集裏也有不少「紀夢」的篇章，這些「紀夢」其實就是「述懷」。也有寄託爲閨情宮怨之辭，如《清商怨》：

江頭日暮痛飲，乍雪晴猶凛。山驛淒涼，燈昏人獨寢。鴛機新寄斷錦，歎往事、不堪重省。夢破南樓，綠雲堆一枕。

這首詞題「葭萌驛作」。葭萌驛在四川昭化縣之南，是他離開南鄭（漢中）回成都之作。他這次從南鄭回成都是帶家眷同行的，可知這首詞下片所謂「鴛機斷錦」云云，實是假託閨情寫他自己的政治心情的，因爲那時王炎南鄭幕府解散，朝廷已經全盤打消恢復大計了。另一首《夜遊宮·宮詞》可證。《夜遊宮》以女性口吻自訴哀怨：

獨夜寒侵翠被，奈幽夢、不成還起。欲寫新愁淚濺紙。憶承恩，歎餘生，今至此。蔌蔌燈花墜，問此際、報人何事？咫尺長門過萬里。恨君心，似危欄，難久倚！

結句九字，是暗指宋孝宗抗戰主張動摇不定。當乾道五年三月，王炎除四川宣撫使，出發入川時，孝宗面諭布置北伐工作，似乎熱情很高；但是到了乾道八年九月，整個國策起了變化，王炎被調京爲樞密使，次年正月，又罷樞密使提舉臨安府洞霄宮。陸游這首詞自悼壯志不酬，也是慨歎王炎的君臣遇合不終。乾道九年（一一七三），他在嘉州作《長門怨》詩云：「早知獲譴速，悔不承恩遲。」又作《長信宮詞》云：「憶年十七兮初入未央，獲倚步輦兮恭承寵光。地寒祚薄兮自貽不祥，讒言乘之兮罪釁日彰。……」（《劍南詩稿》四），都和這首詞同其寓意。

陸游這些詞，比之兩宋諸大家：姿態横生，層見間出，不及蘇軾；磊塊幽折，沉鬱淒愴，不及賀鑄；縱横馳驟，大聲鏜鞳，也不及辛棄疾。但是他寫這種寤寐不忘中原的大感慨，不必號呼叫囂爲劍拔弩張之態，稱心而言，自然深至動人，在諸家之外，却自有其特色。

固然，他的詞有朴僿質直、聲情不稱的，有游宴贈妓、寫閒適和豔情的，也有蕭颯衰頹、道人隱士氣息很濃重的。這些都是他的缺點。對於他的游宴贈妓一類詞，無足深論。這裏應當特别提出的，是他那一種表達消極出世思想的作品：如《好事近》的「風露九霄寒」、「華表又千年」、「揮手别人間」諸首，以及《隔浦蓮近拍》的「騎鯨雲路倒景」等等，都是離羣絶俗的出世思想，是陸游詞的糟粕。宋代統治者從真宗以來，利用釋道麻痹人民，大量度民爲僧尼。到了徽宗，並且自稱爲「教主道君皇帝」。當陸游出生之前百多年來，這種宗教思想已形成爲一種傳統力量，給士大夫以巨大的影響。加之陸游一家世代篤好道教：他的高祖軫，自説受古仙人施肩吾煉丹辟穀法，著《修心鑒》一書。祖佃、父宰都多方外之交。陸家藏書，道書一類就有二千卷。他的老師曾幾曾經作一首《陸務觀讀道書名其齋曰玉笈》詩鼓勵他鑽研道書。陸游就在這種社會家庭交游影響之下，滋長他對神仙的迷信。

但是，這只是陸游詞的一面。除了上述這部分消極出世的作品之外，他也拿它來寫十分沉痛的大感慨的。如《鷓鴣天》：

家住蒼煙落照間，絲毫塵事不相關。斟殘玉瀣行穿竹，卷罷黄庭卧看山。　貪嘯傲，任衰殘，不妨隨處一開顔。元知造物心腸别，老却英雄似等閑！

這首詞上面七句都是消沉語，末了兩句才點醒全篇作意，原是寫「報國欲死無戰場」的憤慨的，上文各句都是反面映襯，我們原不應輕率地抹殺它。但是，若拿他的詩來作比，如《憶征西幕府舊事》絶句：「大散關頭北望秦，自期談笑掃胡塵。收身死向農桑社，何止明明兩世人。」《太息》一首：「書生忠義向誰論，骨朽猶應此念存。砥柱河流仙掌日，死前恨不見中原。」《南山行》：「會看金鼓從天下，却用關中作本根。」《金錯刀行》：「楚雖三户能亡秦，豈有堂堂中國空無人。」……這類句子從來不曾出現於他的詞集裏。他在詞裏表達這種愛國思想的，只有「元知造物心腸别，老却英雄似等閑」（《鷓鴣天》），和「此生誰料，心在天山，身老滄洲」（《訴衷情》）一類的喟歎。《秋波媚·七月十六日晚登高興亭望長安南山》一首，算是他寫南鄭軍中生活心情的僅見詞篇：

秋到邊城角聲哀，烽火照高臺。悲歌擊筑，憑高酹酒，此興悠哉！　多情誰似南山月，特地暮雲開。灞橋煙柳，曲江池館，應待人來。

也並無激昂發奮的氣概。大抵他認爲詞更適宜於寫低摧幽怨的感情，發揚蹈厲的只能入詩而不宜於入詞。這可見他對詞和詩這兩種文學的看法，即使在同寫這類國家民族大感慨時，也仍有其輕重軒輊之分。這種看法無疑會局限他的詞的思想内容。

但是這種缺點，兩宋詞家也多不免，最明顯的例證是李清照，我們不必以此苛求陸游。我對陸游詞總的看法是：他是以作詩的餘事來作詞的，論創作態度，他原不及他的朋友辛棄疾那樣傾以全副精力。但是他以這種「餘事」的文學寫閒情幽怨之外，有時也拿它來寫十分正經、十分沉重的心情。在他幾首不朽的憂國詞篇裏，他並没有矜氣作色，而只是用尋常謦欬的聲息，道出他「一飯不忘、没齒不二」的匡復心事，益見其真情摯意，沉痛動人，這可以説是陸游詞突出的風格。

他所以有這樣成就，大抵有兩種因素：一由於詞體本身的發展。從五代、北宋以來，經過百餘年的演進，詞壇上出現過范仲淹、蘇軾以及張元幹諸作家，在這種文學裏，或多或少反映了他們各時代的社會現實、民族矛盾，到了辛棄疾，更達到這類作品的高峯，這許多作家的精神和作品自然會影響陸游的詞。另一因素是陸游詩的思想内容和工力。關於他作詩的工力，趙翼《甌北詩話》卷六有論陸詩重鍛鍊一段説：「或者以其平易近人，疑其少煉。抑知所謂煉者，不在乎奇險詰曲，驚人耳目；而在乎言簡意深，一語勝人千百，此真煉也。放翁工夫精到，出語自然老潔，他人數言不能了者，只在一二語了之；此其煉在句前，不在句下，觀者併不見其煉之迹，乃真煉之至矣。……」詞體短小，不得着長言冗語，陸詩這種鍛鍊工力對他的詞所起的作用是很大的。這就煉辭一面説。古代文論家尤重煉氣，方東樹却就此對陸詩提出指摘：「放翁獨得坡公豪雋之一體耳，其作意處，尤多客氣；如《醉後草書歌》、《夢招降諸城》、《大雪歌》等，開後來俗士虚浮一派，不可不辨。」（評姚範《援鶉堂筆記》四十）説他「多客氣」，雖是過辭，但是「開後來俗士虚浮一派」，也確是陸詩的流弊。雖然這是學者之過，不能歸咎於陸游。劉克莊推陸游詩「力量足以驅使，才思足以發越，氣魄足以陵暴」（《後村詩話》）。姚範也説：「放翁興會飈舉，詞氣踔厲，使人讀之，發揚矜奮，起痿興痹矣。然蒼黯藴蓄之風蓋微，所謂無意爲文而意已獨至者，尚有待歟？」（《援鶉堂筆記》四十）這可説是公允之論。但是當陸游以他作詩的工力來作「詩餘」時，便自在游行，有「運斤成風」之勢。這猶之大書家傾其一生精力臨摹金石篆隸，偶然畫幾筆寫意花草，却更見精力充沛。藝術的境界，有時原不能專以力取，却於「餘事」中偶得之。陸游的詞，可説確能到此境地。

劉熙載《藝概》卷二説：「東坡、放翁兩家詩，皆有豪有曠。但放翁是有意要做詩人；東坡雖爲詩，而有夷然不屑之意，所以尤高。」這幾句蘇、陸優劣論，是否正確，姑且不談。陸游「有意做詩人」，何可非議？黄景仁弔杜甫墓云：「埋才當亂世，併力作詩人。」下句正寫出杜甫的偉大。但是，若以「夷然不屑，所以尤高」八個字評陸游的詞，我以爲却很恰當。「夷然不屑」不是就内容説，而是説他不欲以詞人自限，所以能高出於一般詞人。陸游《文章》詩裏有兩句傳誦的名句：

文章本天成，妙手偶得之。

這十個字可以評贊一切大作家的小品。必先有工力深湛、規矩從心的「妙」手，才會有不假思索的「偶」得。這來自學力、才氣的交相融會。兩宋以來一切大作家如蘇軾、辛棄疾諸人的「詩餘」「語業」，大都如此，《放翁詞》的許多名作，也復如此。

夏承燾

一九六三年三月初稿

一九八〇年八月修改

放翁詞編年箋注目録

論陸游詞（代序）……夏承燾 一

上卷（入蜀前及蜀中作）

釵頭鳳（紅酥手）……一

青玉案 與朱景參會北嶺（西風挾雨聲翻浪）……八

水調歌頭 多景樓（江左占形勝）……一〇

赤壁詞 招韓无咎遊金山（禁門鐘曉）……一三

浣沙溪 和无咎韻（懶向沙頭醉玉瓶）……一七

滿江紅（危堞朱欄）……一八

浪淘沙 丹陽浮玉亭席上作（緑樹暗長亭）……二〇

定風波 進賢道上見梅贈王伯壽（欹帽垂鞭送客回）……二二

戀繡衾（雨斷西山晚照明）……二三

鷓鴣天（家住蒼煙落照間）……二四

又（插脚紅塵已是顛）……二五

又（懶向青門學種瓜）……二六

采桑子（三山山下閒居士）……二七

大聖樂（電轉雷驚）……二八

滿江紅 夔州催王伯禮侍御尋梅之集（疎蕊幽香）……三一

感皇恩 伯禮立春日生日（春色到人間）……三三

驀山溪 送伯禮（元戎十乘）……三五

木蘭花 立春日作（三年流落巴山道）……三六

臨江仙 離果州作（鳩雨催成新緑）……三七

鷓鴣天 葭萌驛作（看盡巴山看蜀山）……三九

蝶戀花 離小益作（陌上簫聲寒食近）……四〇

望梅（壽非金石）……四二

浣沙溪　南鄭席上（浴罷華清第二湯）……………………四三
秋波媚　七月十六日晚登高興亭望長安南山（秋到邊城角聲哀）……………………四四
清商怨　葭萌驛作（江頭日暮痛飲）……………………四六
齊天樂　左綿道中（角殘鐘晚關山路）……………………四七
漢宮春　初自南鄭來成都作（羽箭雕弓）……………………四八
夜遊宮　宮詞（獨夜寒侵翠被）……………………五一
鷓鴣天　送葉夢錫（家住東吳近帝鄉）……………………五三
烏夜啼　題漢嘉東堂（簷角楠陰轉日）……………………五四
蝶戀花（水漾萍根風卷絮）……………………五六
蘇武慢　唐安西湖（澹靄空濛）……………………五七
木蘭花慢　夜登青城山玉華樓（閱邯鄲夢境）……………………五九
驀山溪　遊三榮龍洞（窮山孤壘）……………………六二
好事近　寄張真甫（羈雁未成歸）……………………六四
齊天樂　三榮人日遊龍洞作（客中隨處閒消悶）……………………六六
沁園春　三榮橫谿閣小宴（粉破梅梢）……………………六七
水龍吟　榮南作（樽前花底尋春處）……………………六九
桃源憶故人　并序（斜陽寂歷柴門閉）……………………七一
又　應靈道中（欄干幾曲高齋路）……………………七二
漁家傲　寄仲高（東望山陰何處是）……………………七三
南歌子　送周機宜之益昌（異縣相逢晚）……………………七四
雙頭蓮　呈范至能待制（華鬢星星）……………………七六
烏夜啼（我校丹臺玉字）……………………七八
夜遊宮　記夢寄師伯渾（雪曉清笳亂起）……………………八〇
好事近　次宇文卷臣韻（客路苦思歸）……………………八二
朝中措　代譚德稱作（怕歌愁舞懶逢迎）……………………八三
漢宮春　張園賞海棠作園故蜀燕王宮也（浪迹人間）……………………八五
柳梢青　故蜀燕王宮海棠之盛爲成都第一今屬張氏（錦里繁華）……………………八七
月上海棠　成都城南有蜀王舊苑尤多梅皆二百餘年古木（斜陽廢苑朱門閉）……………………八八

桃源憶故人（城南載酒行歌路）……九〇
水龍吟 春日遊摩訶池（摩訶池上追遊路）……九一
鷓鴣天 薛公肅家席上作（南浦舟中兩玉人）……九四
感皇恩（小閣倚秋空）……九六
鵲橋仙 夜聞杜鵑（茅簷人静）……九八
玉蝴蝶 王忠州家席上作（倦客平生行處）……九九
好事近（溢口放船歸）……一〇二
南鄉子（歸夢寄吴檣）……一〇三
蝶戀花（桐葉晨飄蛩夜語）……一〇五
下卷（東歸後作）
好事近（歲晚喜東歸）……一〇七
又（華表又千年）……一〇七
沁園春（孤鶴歸飛）……一〇九
繡停針（歎半紀）……一一〇
風入松（十年裘馬錦江濱）……一一二
好事近 登梅仙山絶頂望海（揮袖上西峯）……一一三
又（小倦帶餘酲）……一一五
烏夜啼（世事從來慣見）……一一五
又（素意幽棲物外）……一一六
又（園館青林翠樾）……一一七
又（從宦元知漫浪）……一一八
又（紈扇嬋娟素月）……一一八
洞庭春色（壯歲文章）……一一九
桃源憶故人（一彈指頃浮生過）……一二〇
豆葉黄（春風樓上柳腰肢）……一二二
又（一春常是雨和風）……一二二
菩薩蠻（江天淡碧雲如掃）……一二三
又（小院蠶眠春欲老）……一二三
訴衷情（當年萬里覓封侯）……一二四
又（青衫初入九重城）……一二五
生查子（還山荷主恩）……一二六
又（梁空燕委巢）……一二七

破陣子（仕至千鍾良易）……一二七
又（看破空花塵世）……一二九
點絳唇（采藥歸來）……一三〇
一落索（滿路遊絲飛絮）……一三一
又（識破浮生虛妄）……一三一
杏花天（老來駒隙駸駸度）……一三二
太平時（竹裏房櫳一徑深）……一三三
戀繡衾（不惜貂裘换釣篷）……一三四
又（無方能駐臉上紅）……一三五
蝶戀花（禹廟蘭亭今古路）……一三五
好事近（風露九霄寒）……一三六
又（揮袖別人間）……一三七
又（覓箇有緣人）……一三八
又（秋曉上蓮峯）……一三九
又（平旦出秦關）……一四〇
又（混迹寄人間）……一四一
柳梢青　乙巳二月西興贈別（十載江湖）……一四二
漁父　燈下讀玄真子漁歌因懷山陰故隱追擬（石帆山下雨空濛）……一四三
又（晴山滴翠水挼藍）……一四三
又（鏡湖俯仰兩青天）……一四四
又（湘湖煙雨長蓴絲）……一四四
又（長安拜免幾公卿）……一四四
鵲橋仙（華燈縱博）……一四六
又（一竿風月）……一四九
長相思（雲千重）……一五一
又（橋如虹）……一五一
又（面蒼然）……一五二
又（暮山青）……一五三
又（悟浮生）……一五四
鷓鴣天（杖屨尋春苦未遲）……一五四
南鄉子（早歲入皇州）……一五六

謝池春（壯歲從戎）……一五七
又（賀監湖邊）……一五八
又（七十衰翁）……一五九
斷句（飛上錦裀紅縐）……一六〇

（不編年）

鷓鴣天（梳髮金盤剩一窩）……一六一
朝中措 梅（幽姿不入少年場）……一六二
又（鼕鼕儺鼓餞流年）……一六三
秋波媚（曾散天花蕊珠宮）……一六四
采桑子（寶釵樓上粧梳晚）……一六六
卜算子 詠梅（驛外斷橋邊）……一六七
沁園春（一别秦樓）……一六八
憶秦娥（玉花驄）……一六九
月上海棠（蘭房繡户厭厭病）……一七〇
烏夜啼（金鴨餘香尚暖）……一七一
真珠簾（山村水館參差路）……一七二
安公子（風雨初經社）……一七四
桃源憶故人 題華山圖（中原當日三川震）……一七五
極相思（江頭疎雨輕煙）……一七六
一叢花（樽前凝佇漫魂迷）……一七七
又（仙姝天上自無雙）……一七八
隔浦蓮近拍（飛花如趁燕子）……一七九
又（騎鯨雲路倒景）……一七九
昭君怨（晝永蟬聲庭院）……一八一
醉落魄（江湖醉客）……一八二
上西樓（江頭緑暗紅稀）……一八三
真珠簾（燈前月下嬉遊處）……一八四
風流子（佳人多命薄）……一八五
雙頭蓮（風卷征塵）……一八七
月照梨花 閨思（霽景風軟）……一八八
又 閨思（悶已縈損）……一八九

夜遊宫 宴席（宴罷珠簾半卷） 一九〇
如夢令 閨思（獨倚博山峯小） 一九一
解連環（淚淹妝薄） 一九二
後記 夏承燾 一九三
附録一 各本題跋 一九四
陸游《渭南文集》卷十四《長短句序》 一九四
毛晉《宋六十名家詞·放翁詞》跋 一九四
毛扆季跋 一九五
《四庫全書總目提要》卷一百九十八《放翁詞提要》 一九五
《四庫全書簡明目録》卷二十《放翁詞提要》 一九六
陶湘《影刊宋金元明本詞·渭南詞》敍録 一九六
鄭文焯《大鶴山人詞話》附録手校《宋六十家詞》跋·放翁詞跋 一九七
唐圭璋《全宋詞》卷一百五十《陸游詞》跋 一九七
附録二 總評 一九九
附録三 宋史陸游傳 二一二
附録四 陸游年譜簡編 二一四
訂補後記 陶然 二三二

放翁詞編年箋注上卷（入蜀前及蜀中作）

釵頭鳳

紅酥手，黄縢酒，滿城春色宫牆柳。東風惡，歡情薄，一懷愁緒，幾年離索，錯、錯、錯。春如舊，人空瘦，淚痕紅浥鮫綃透。桃花落，閒池閣，山盟雖在，錦書難託，莫、莫、莫。

【校】

《中興以來絶妙詞選》卷二調下題作「閨思」。

【箋注】

〔黄縢酒〕即黄封酒。蘇軾《岐亭五首》（第三）詩：「爲我取黄封，親拆官泥赤。」宋施元之注：「京師官法酒，以黄紙或黄羅絹封冪瓶口，名黄封酒。」陳師道《謝人寄酒》：「舊香餘味寄黄封。」任淵注：「黄封，謂宫酒，以黄羅帕封之。」又王珪《宫詞》：「内庫新函封御茶，龍團春足建溪芽。黄封各各題名姓，賜入東西兩府家。」《劍南詩稿》卷十八《病中偶得名酒小醉作此篇是夕極寒》詩：「一壺花露拆黄縢。」

〔離索〕《禮記・檀弓》：「子夏曰：『吾離羣而索居，亦已久矣。』」鄭玄注：「索，猶散也。」

〔鮫綃〕梁任昉《述異記》卷上：「南海出鮫綃紗，泉先潛織，一名龍紗，其價百餘金。以爲服，入水不濡。」

〔錦書〕《晉書》卷九十六《竇滔妻蘇氏傳》：「竇滔妻蘇氏，始平人也，名蕙，字若蘭，善屬文。滔苻堅時爲秦州刺史，被徙流沙。蘇氏思之，織錦爲迴文旋圖詩以贈滔，宛轉循環以讀之，詞甚悽惋，凡八百四十字。」

〔莫莫莫〕司空圖《耐辱居士歌》：「休休休，莫莫莫。」復旦大學中文系古典文學教研組選注《李白詩選・駕去温泉宫後贈楊山人》詩「長吁莫錯還閉關」句注：「莫錯，猶落寞，没精打采的樣子。杜甫《瘦馬行》：『失主錯莫無晶光。』李白《贈别從甥高五》：『三朝空錯莫，對飲却慙寃。』錯莫與莫錯疑相同。陸游《釵頭鳳》詞中『錯錯錯』、『莫莫莫』，疑即錯莫一詞之分用。」

【編年】

務觀二十餘歲時，在山陰遊沈氏園，遇其故妻唐氏，作此詞。其年約在辛未與乙亥間（紹興二十一年至二十五年）。

【附録】

宋周密《齊東野語》卷一《放翁鍾情前室》：「陸務觀初娶唐氏，閎之女也，于其母夫人爲姑姪；伉儷相得，而弗獲於其姑。既出，而未忍絶之，則爲别館，時時往焉。姑知而掩之，雖先知挈去，然事不得隱，竟絶之。亦人倫之變也。唐後改適同郡宗子士程。嘗以春日出遊，相遇于禹迹寺南之沈氏園。唐以語趙，遣致酒肴。翁悵然久之，爲賦《釵頭鳳》一詞題園壁間云：『紅酥手，黄縢酒，滿城春色宫牆柳。東風惡，歡情薄，一懷愁緒，幾年離索，錯、錯、錯。　春如舊，人空瘦，淚痕紅浥鮫綃透。桃花落，閒池閣，山盟雖在，錦書難託，莫、莫、莫。』實紹興乙亥歲也。翁居鑑湖之三山，晚歲每入城，必登寺眺望，不能勝情。嘗賦二絶云：『夢斷香銷四十年，沈園柳老不飛綿。此身行作稽山土，猶弔遺蹤一悵然。』又云：『城上斜陽畫角哀，沈園無復舊池臺。傷心橋下春波緑，曾是驚鴻照影來。』蓋慶元己未歲也。未久，唐氏死。至紹熙壬子歲復有詩，序云：『禹迹寺南有沈氏小園，四十年前，嘗題小闋壁間；偶復一到，而小園已三易主，讀之悵然。』詩云：『楓葉初丹槲葉黄，河陽愁鬢怯新霜。林亭感舊空回首，泉路憑誰説斷腸？壞壁醉題塵漠漠，斷雲幽夢事茫茫。年來妄念消除盡，回向蒲龕一炷香。』又至開禧乙丑歲暮，夜夢遊沈氏園，又兩絶句云：『路近城南已怕行，沈家園裏更傷情。香穿客袖梅花在，緑蘸寺橋春水生。』『城南小陌又逢春，只見梅花不見人。玉骨久成泉下土，墨痕猶鎖壁間塵。』沈園後屬許氏，又爲汪之道宅云。」

宋陳鵠《西塘集·耆舊續聞》卷十：「余弱冠客會稽，游許氏園，見壁間有陸放翁題詞云：『……。』筆勢飄逸，書于沈氏園。辛未三月題。放翁先室内琴瑟甚和，然不當母夫人意，因出之。夫婦之情，實不忍離。後適南班士名某，家有園館之勝。務觀一日至園中，去婦聞之，遣遺黄封酒果饌，通慇懃。公感其情，爲賦此詞。其婦見而和之，有『世情薄，人情惡』之句，惜不得其全闋。未幾，怏怏而卒。聞者爲之愴然。此園後更許氏。淳熙間，其壁猶存，好事者以竹木來護之，今不復有矣。」

宋劉克莊《後村先生大全集》卷一百七十八《詩話續集》：「放翁少時，二親教督甚嚴。初婚某氏，伉儷相得。二親恐其惰于學也，數譴放翁。不敢逆尊者意，與婦訣。某氏改適某官，與陸氏有中外。一日，通家于沈園，坐間目成而已。翁得年甚高，晚有二絶云：『腸斷城頭畫角哀，……』『夢斷香銷四十年，……』舊讀此詩，不解其意；後見曾温伯言其詳。温伯名黯，茶山孫，受學于放翁。」

《御選歷代詩餘》卷一百十八引夸娥齋主人説：「陸放翁娶婦，琴瑟甚和，而不當母夫人意，遂至解褵。然猶餽遺殷勤，嘗貯酒贈陸，陸謝以詞，有『東風惡，歡情薄』之句，蓋寄聲《釵頭鳳》也。婦亦答詞云：『世情薄，人情惡，雨送黄昏花易落。曉風乾，淚痕殘。欲箋心事，獨語倚闌，難、難、難。　人成各，今非昨，病魂常似秋千索。角聲寒，夜闌珊。怕人尋問，咽淚妝歡，瞞、瞞、瞞。』未幾，以愁怨死。」

清吴騫《拜經樓詩話》卷三：「陸放翁前室改適趙某事，載《後村詩話》及《齊東野語》，殆好事者因其詩詞而傅會之。《野語》所敍歲月，先後尤多參錯。且玩詩詞中語意，陸或別有所屬，未必曾爲伉儷者。正如『玉階蟋蟀鬧清夜』四句本七律，明載《劍南集》；而《隨隱漫録》剪去前四句，以爲驛卒女題壁，放翁見之，遂納爲妾云云。皆不足信。」

【輯評】

卓人月、徐士俊《古今詞統》卷十：比《摘紅英》多迭三字。　按：放翁初娶唐氏閎之女，于其母爲姑姪。伉儷相得，弗獲于姑，陸出之，未忍絶，爲別館往焉。姑知而掩之，遂絶。後改適同郡宗室趙士程，春日出遊，相遇于禹迹寺南之沈園。唐語其夫，爲致酒肴，陸悵然賦此詞。唐見而和之，未幾怏怏而卒。後放翁復過沈園，賦詩云：「落日城頭畫角哀，沈園非復舊池台。傷心橋下春波緑，曾見驚鴻照影來。」　能死于後，而不能守于前，惜哉唐娘。

顔崇槼《種李園詩・題桂未谷後四聲猿》（其五）： 孔雀東南去不回，沈園遺迹没青苔。當筵一曲黄藤酒，那有驚鴻照影來。

賀裳《皺水軒詞筌》： 宋陸務觀春遊，遇故婦于禹迹寺南之沈園，婦與酒餚，陸悵然賦一詞曰：「紅酥手……」每見後人喜用此調，率無佳者。難於三疊字，不牽湊耳。獨吾友卓珂月錯認一闋爲工：「濃于霧，堅于樹，春愁不比郎相負。風何惡，雲何薄，今朝相棄，昔年相約。諾、諾、諾。 人無緒，書無據，驀然一旦簾前遇。欣還愕，疑還度，容顔雖似，豐神難學。錯、錯、錯。」後半尖警，殆過于原詞，不惟無愧而已。

沈雄《古今詞話・詞辨》下卷：《樂府紀聞》曰： 陸放翁初娶唐氏，伉儷相得，弗獲於姑。陸出之，未忍絶，爲别館住焉。姑知而掩之，遂絶。後改適趙士程，春遊相遇於禹迹寺之沈園。唐語其夫爲致酒，放翁悵悵，賦此《釵頭鳳》云……《古今詞譜》曰： 比《摘紅英》祇多三疊字句。

王奕清《歷代詞話》卷八引夸娥齋主人語： 陸放翁娶婦，琴瑟甚和，而不當母夫人意，遂至解褵。然猶餽遺殷勤。嘗貯酒贈陸，陸謝以詞，有「東風惡，歡情薄」之句，蓋寄聲《釵頭鳳》也。婦亦答詞云：「世情薄，人情惡，雨送黄昏花易落。曉風乾，淚痕殘，欲箋心事，獨語斜闌。難、難、難。 人成各，今非昨，病魂常似秋千索。角聲寒，夜闌珊，怕人尋問，咽淚妝歡。瞞、瞞、瞞。」未幾，以愁怨死。又放翁嘗過一驛，見題壁一詩：「玉階蟋蟀鬧清夜，金井梧桐辭故枝。一枕淒涼眠不得，呼燈起作感秋詩。」詢之，知是驛卒女，遂納爲妾。未半載，夫人逐之。妾賦《生查子》詞云：「只知眉上愁，不識愁來路。深院有芭蕉，陣陣黄昏雨。　曉起理殘妝，整頓教愁去。不合畫春山，依舊留愁住。」遂別。夫愛妻見逐於母，愛妾復見逐於妻，放翁於家室之間，何多不幸歟。

舒位《缾水齋詩集》卷一《書劍南詩集後》之四：　誰遣鴛鴦化杜鵑，傷心姑惡五禽言。重來欲唱釵頭鳳，夢雨瀟瀟沈氏園。

張宗橚《詞林紀事》卷十一引毛子晉云：　放翁詠《釵頭鳳》一事，孝義兼摯，更有一種啼笑不敢之情於筆墨之外，令人不能讀竟。

吴衡照《蓮子居詞話》卷一：　吾鄉許蒿廬先生昂霄嘗疑放翁室唐氏改適趙某事爲出於傅會，説見《帶經堂詩話》校勘類附識。《拜經樓詩話》亦以《齊東野語》所敘歲月先後參錯不足信，與蒿廬説合。則當時仲卿新婦之厄，翁子故妻之情，殆好事者從而爲之辭焉。唐氏荅詞，語極俚淺，然因知《釵頭鳳》有換平韻者，紅友《詞律》又疎已。

張星耀《詞論》：　詞有重句，是其中最緊要處。如《憶秦娥》之「秦樓月」、《醉春風》之「悶、悶、悶」，是承上接下語，須一氣轉下，其中仍有留連之意。《如夢令》之「如夢，如夢」、《轉應曲》之「腸斷，腸斷」，是轉語，其語意必須重説爲佳。《釵頭鳳》之「莫、莫、莫」、《惜分釵》之「悠悠」之類，是結上語。結語要接得著，結得住。不然，或承上而不接下，有不必重説而重説，接不著，結不住，真嚼蠟矣。

丁紹儀《聽秋聲館詞話》卷八：　宋時詞學盛行，然夫婦均有詞傳，僅曾布、方喬、陸游、易祓、戴復古五家。方、戴、易，姓氏且無考，戴、陸更係怨耦，易妻詞亦甚怨抑，惟子宣與魏夫人克稱良匹。他如趙明誠妻李易安盛以詞名，而明誠詞無傳。趙德麟詞甚工，其妻王夫人祇傳「白藕作花風已秋，不堪殘醉更回頭。晚雲帶雨歸飛急，去作西窗一夜愁」一詩而已。琴鳴瑟應，天固若是靳惜耶。……至元時趙文敏管夫人，明時楊升庵黄夫人，林子羽張紅橋，葉仲韶沈宛君，沈君庸張倩倩，閨房酬唱，世豔稱之，此外亦不多覯。我朝自李梅公侍郎朱遠山夫人後，指不勝屈矣。

謝章鋌《賭棋山莊詞話》卷十一：陸放翁《釵頭鳳》，孝義兼摯。

李綺青《讀劍南集書後》之五：姑惡聲聲聒耳喧，釵頭鳳曲暗銷魂。生平一事堪惆悵，四十年中沈氏園。

葉申薌《本事詞》卷下：陸放翁娶唐氏閎之女也，於其母夫人爲姑姪。伉儷甚篤，而弗獲于姑。既出，而未忍絶，爲置別館，時往焉。其姑知而掩之，雖先時挈去，然終不相安。自是恩誼遂絶。唐後改適宗子士程。嘗以春日出遊，與陸相遇於禹迹寺南之沈園。唐語趙爲致酒殽焉。陸悵然，感賦《釵頭鳳》云……唐亦善詞翰，見而和之云：「世情薄，人情惡，雨送黄昏花易落。曉風乾，淚痕殘，欲箋心事，獨語斜闌。難、難、難。　人成各，今非昨，病魂常似秋千索。角聲寒，夜闌珊，怕人尋問，咽淚妝歡。瞞、瞞、瞞。」唐尋亦以恨卒。

陳廷焯《白雨齋詞話》卷六：「山盟雖在，錦書難託。莫、莫、莫。」放翁傷其妻之作也。（放翁妻唐氏改適趙士程。）「不合畫春山，依舊留愁住。」放翁妾別放翁詞也。前則迫於其母而出其妻，後又迫於後妻而不能庇一妾。何所遭之不偶也。至兩詞皆不免於怨，而情自可哀。

況周頤《蕙風詞話續編》卷二：放翁出妻爲作《釵頭鳳》者，姓唐名琬。和放翁《釵頭鳳》詞，見《御選歷代詩餘・詞話》及《林下詞選》：……前後段俱轉平韻，與放翁詞不同。

青玉案　與朱景參會北嶺

西風挾雨聲翻浪。恰洗盡、黄茅瘴。老慣人間齊得喪。千巖高卧，五湖歸棹，替却凌煙像。　故人小駐平戎帳，白羽腰間氣何壯。我老漁樵君將相。小槽紅酒，晚香丹荔，記取蠻江上。

【箋注】

〔朱景參〕《劍南詩稿》卷六十二《予初仕爲寧德縣主簿而朱孝聞景參作尉情好甚篤後十餘年景參下世今又幾四十年忽夢見之若平生覺而感歎不已》詩：「白鶴峯前試吏時，尉曹詩酒樂新知。傷心忽入西窗夢，同在峬村折荔枝。」（自注：峬音逋）《處州府志》（清雍正十一年刻本）卷十《選舉志》：「紹興甲戌科張孝祥榜，朱孝聞。」雍正《浙江通志》卷一二五「紹興二十四年甲戌張孝祥榜」下有「朱孝聞」，小注：「青田人。」

〔北嶺〕《詩稿》卷六十五《道院雜興》（第三）詩：「北嶺空思擘晚紅。」自注：「北嶺在福州。予少時與友人朱景參會嶺下僧舍。時秋晚，荔子獨晚紅在。」

〔黄茅瘴〕蘇軾《贈清涼寺和長老》詩：「會須一洗黄茅瘴。」宋施元之注引房千里《投荒記》：「南方六、七月芒茅黄枯時，瘴大發，土人呼爲黄茅瘴。」

〔千巖〕《世説新語・言語》：「顧長康從會稽還，人問山川之美。顧云：『千巖競秀，萬壑争流，草木蒙籠其上，若雲興霞蔚。』」《詩稿》卷十《歸雲門》詩：「微官行矣閩山去，又寄千巖夢想中。」又陸宰曾以千巖名其所築小亭。《老學庵筆記》卷一：「先君築小亭曰千巖亭，盡見南山。」

〔五湖〕《國語・越語下》：「范蠡……遂乘輕舟以浮於五湖，莫知其所終極。」韋昭注：「五湖，今太湖。」

〔凌煙像〕唐劉肅《大唐新語》卷十一《褒賜》：「貞觀十七年，太宗圖畫太原倡義及秦府功臣……二十四人於凌煙閣，太宗親爲之贊，褚遂良題閣，閻立本畫。」

〔白羽腰間〕杜甫《丹青引贈曹將軍霸》詩：「猛將腰間大羽箭。」

〔我老漁樵〕杜甫《玉臺觀二首》（第一）詩：「便應黄髮老漁樵。」

〔小槽紅酒〕李賀《將進酒》詩：「琉璃鍾，琥珀濃，小槽酒滴真珠紅。」

〔晚香丹荔〕《渭南文集》卷七《答人賀賜第啓》：「荔子丹而共醉，未忘閩嶺之歡。」與此詞末三句同意。

〔蠻江〕謂閩江。

【編年】

紹興二十八年，務觀始仕爲福州寧德縣主簿，與縣尉朱景參情好甚篤。明年，調官爲福州決曹。秋晚，會朱景參於福州北嶺下僧舍，賦此以贈。

【輯評】

卓人月、徐士俊《古今詞統》卷十：「替」字妙。

陳廷焯《詞則·放歌集》卷二：辛、陸並稱豪放，然陸之視辛，奚啻瓦缶之競黄鐘也。擇其遒勁者數章尚可觀，其抱負去稼軒則萬里矣。　爽朗。

張德瀛《詞徵》卷五：張安國詞云：「昏昏西北度嚴關，天外一簪，初見嶺南山。」陸放翁詞云：「小槽紅酒，晚香丹荔，記取蠻江上。」張初至粤地而作，陸追憶粤遊而作，其志趣迥爾不侔。

水調歌頭　多景樓

江左占形勝，最數古徐州。連山如畫，佳處縹渺著危樓。鼓角臨風悲壯，烽火連空明滅，往事憶孫劉。千里曜戈甲，萬竈宿貔貅。　露霑草，風落木，歲方秋。使君宏放，談笑洗盡古今愁。不見襄陽登覽，磨滅遊人無數，遺恨黯難收。叔子獨千載，名與漢江流。

【箋注】

〔多景樓〕宋張邦基《墨莊漫録》卷四：「鎮江府甘露寺在北固山上。江山之勝，煙雲顯晦，萃于目前。舊有多景樓，尤爲勝覽之最。蓋取李贊皇《題臨江亭》詩有『多景懸窗牖』之句，以是命名，樓即臨江故基也。……自經兵火，樓今廢。近雖稍復營繕，而樓基半已侵削，殊可惜也。」《文集》卷四十三《入蜀記》：「登多景樓。樓亦非故址，主僧化昭所築。下臨大江，淮南草木可數。登覽之勝，實過于舊。」

〔江左〕清魏禧《日録雜説》：「江東稱江左，江西稱江右。蓋自江北視之，江東在左，江西在右耳。」

〔形勝〕《荀子・富國》：「形勢便，山林川谷美，天材之利多，是形勝也。」

〔古徐州〕謂鎮江。徐州爲古九州之一；東晉南渡，置僑州僑郡，曾以徐州治鎮江，後又稱南徐州。《文集》卷十七《鎮江府城隍忠祐廟記》：「府當淮江之衝，屏衛王室，號稱大邦。」

〔縹渺著危樓〕杜甫《白帝城最高樓》詩：「獨立縹緲之飛樓。」

〔鼓角句〕杜甫《閣夜》詩：「五更鼓角聲悲壯。」

〔孫劉〕謂孫權、劉備。《文集》卷四十三《入蜀記》：「至甘露寺，飯僧；甘露蓋北固山也。有狠石，世傳以爲漢昭烈、吴大帝嘗據此石共謀曹氏。」

〔萬竈宿貔貅〕蘇軾《次韻穆父尚書侍祠郊丘瞻望天光退而相慶引滿醉吟》詩：「野宿貔貅萬竈煙。」

〔使君〕謂方滋。方滋，字務德，桐廬人。《宋史》無傳。宋韓元吉《南澗甲乙稿》卷二十一《方公墓誌銘》謂其「平生三爲監司，五爲郡，七領帥節；二廣則皆任經略，建康兼行宮留守，鄂州亦特置管内安撫使處之。」時知鎮江府事。乾道改元，除兩浙轉運副使。

〔不見四句〕《晉書》卷三十四《羊祜傳》：「羊祜，字叔子。……祜樂山水，每風景，必造峴山，置酒言詠，終日不倦。嘗慨然太息，顧謂從事中郎鄒湛等曰：『自有宇宙，便有此山。由來賢達勝士，登此遠望，如我與卿者多矣！皆湮没無聞，使人悲傷。如百歲後有知，魂魄猶應登此山也。』……襄陽百姓，於峴山祜平生游憩之所，建碑立廟，歲時饗祭焉。望其碑者，莫不流涕，杜預因名爲墮淚碑。」

〔漢江〕即漢水，流經襄陽。

【編年】

宋張孝祥《于湖居士文集》卷二十八《題陸務觀多景樓長句》：「甘露多景樓，天下勝處，廢以爲優婆塞之居，不知幾年。桐廬方公尹京口，政成暇日，領客來游，慨然太息。寺僧識公意，閱月樓成，陸務觀賦《水調》歌之，張安國書而刻之崖石。」按《文集》卷二十四《鎮江謁諸廟文》：「某以隆興改元夏五月癸巳，自西府掾出佐京口；明年春二月己巳至郡。」是年八月，方滋再知鎮江府事（據盧憲《嘉定鎮江志》卷十五）。乾道元年三月，方滋除兩浙轉運副使，離任。詞云：「露霑草，風落木，歲方秋。」當是隆興二年秋，方滋到任後月餘，邀客遊多景樓時，務觀所賦。賦成寄毛幵，幵有和作，見《樵隱詞》。

附録毛幵詞

水調歌頭　次韻陸務觀陪太守方務德登多景樓

襟帶大江左，平望見三州。鑿空遺迹千古，奇勝米公樓。太守中朝耆舊，别乘當今豪逸，人物眇應、劉。此地一尊酒，歌吹擁貔貅。　楚山曉，淮月夜，海門秋。登臨無盡，須信詩眼不供愁。恨我相望千里，空想一時高唱，零落幾人收。妙賞頻回首，誰復繼風流。

赤壁詞　招韓无咎遊金山

禁門鐘曉，憶君來朝路，初翔鸞鵠。西府中臺推獨步，行對金蓮宮燭。蹙繡華韉，仙葩寶帶，看即飛騰速。人生難料，一尊此地相屬。　回首紫陌青門，西湖閒院，鎖千梢修竹。素壁棲鴉應好在，殘夢不堪重續。歲月驚心，功名看鏡，短鬢無多緑。一歡休惜，與君同醉浮玉。

【校】

〔赤壁詞〕汲古閣本作《念奴嬌》。

〔朝路〕汲古閣本「路」誤作「露」。

【箋注】

〔韓无咎〕韓元吉，字无咎，韓維玄孫。《宋史》無傳。《四庫全書總目提要》卷一百六十《南澗甲乙稿》提要據其詩文略考其仕歷：「據其《赴信幕》詩，知初爲幕僚。據其《送連必達序》，知嘗爲南劍州主簿。據其《淩風亭題名》，知嘗知建安縣。據其謝表狀劄，知在外嘗爲江東轉運判官，兩知婺州，又知建寧府；在内嘗權中書舍人，守大理寺少卿，爲龍圖閣學士，爲待制，爲吏部侍郎；中間一使金國，兩提舉太平興國宮。及爲吏部尚書，又晉封潁川郡公，而歸老於南澗，因自號南澗翁，併以名集。」

〔金山〕宋周必大《二老堂雜志》卷五《記鎮江府金山》：「山在京口江心，號龍游寺，登妙高峯，望焦山海門皆歷歷。此山大江環繞，每風濤四起，勢欲飛動，故南朝謂之浮玉。」宋王象之《輿地紀勝》卷七：「金山，在江中，去城七里，舊名浮玉。」

〔禁門〕宮門。漢蔡邕《獨斷》卷上：「禁中者，門户有禁，非侍御者不得入，故曰禁中。」

〔西府〕宋呂祖謙《皇朝文鑑》卷八十一陳繹《新修西府記》：「熙寧三年，詔營兩府於掖城之南，其任樞密使者爲西府。」《宋史》卷一百六十一《職官志》：「樞密本兵與中書對掌機務，號東西二府。」

〔中臺〕《舊唐書》卷四十三《職官一》：「龍朔二年二月甲子，改百司及官名，改尚書省爲中臺。」

〔金蓮宮燭〕《新唐書》卷一百六十六《令狐綯傳》：「（綯）爲翰林承旨，夜對禁中。燭盡，帝以乘輿金蓮華炬送還，院吏望見，以爲天子來。及綯至，皆驚。」《宋史》卷三百三十八《蘇軾傳》：「軾嘗鎖宿禁中，召入對便殿。……已而命坐賜茶，徹御前金蓮燭送歸院。」

〔蹙繡華韉〕宋楊億《談苑》：「唐宰相賜繡寶相花韉，參政副樞繡盤龍雜花韉。」

〔仙葩寶帶〕宋王得臣《麈史》卷上：「國朝祖宗，創金毬文方團帶，亦名笏頭帶，以賜二府，乃佩魚。又爲御仙花帶，亦名荔枝，以賜禁從。元豐四年，董正官制，自觀文殿大學士以上至三師，並服毬文。觀文殿學士至龍圖閣直學士、六曹尚書、翰林學士、御史中丞，並給御仙花，皆許佩魚。」

〔飛騰〕韓愈《符讀書城南》詩：「飛黄騰達去，不能顧蟾蜍。」

〔紫陌青門〕謂帝京。劉禹錫《元和十一年自朗州召至京戲贈看花諸君子》詩：「紫陌紅塵拂面來，無人不道看花回。」鄭嵎《津陽門詩》：「青門紫陌多春風，風中數日殘春遺。」馮延巳《三臺令》詞：「春色，依舊青門紫陌。」

〔西湖〕在今浙江省杭州市城西。按紹興三十年，務觀自福州北歸，以薦者除敕令所删定官。三十一年，遷大理寺司直兼宗正簿。三十二年九月，除樞密院編修官兼編類聖政所檢討官。元吉時亦官都下，二人友善，屢相過從。隆興元年五月，務觀除左通直郎通判鎮江府，《南澗甲乙稿》卷五有《送陸務觀得倅鎮江還越》詩二首。至隆興二年，元吉來鎮江省親，二人别已逾年，相與道故舊，故有「回首紫陌青門」等數語。

〔棲鴉〕宋周越《法書苑》：「鄔彤善草書，如寒林棲鴉。」蘇轍詩：「筆端大字鴉棲壁。」

〔功名看鏡〕杜甫《江上》詩：「勳業頻看鏡，行藏獨倚樓。」

〔浮玉〕即金山，見上注。

【編年】

《文集》卷十四《京口唱和序》：「隆興二年閏十一月壬申，許昌韓无咎以新番陽守來省太夫人于潤。方是時，予爲通判郡事，與无咎别蓋逾年矣。相與道舊故，問朋遊，覽觀江山，舉酒相屬，甚樂。明年，改元乾道，正月辛亥，无咎以考功郎徵。念别有日，乃益相與遊。遊之日，未嘗不更相和答，道羣居之樂，致離闊之思，念人事之無常，悼吾生之不留；又丁寧相戒以窮達死生毋相忘之意。其詞多宛轉深切，讀之動人。」《詩稿》卷五十二《夢韓无咎如在京口時既覺枕上作短歌》：「隆興之初客江皋，連樑結駟皆賢豪。坐中无咎我所畏，日夜酬倡兼《詩》《騷》。有時贈我玉具劍，間亦報之金錯刀。」《南澗甲乙稿》卷七有《念奴嬌》「次陸務觀見貽念奴嬌韻」詞一首，即和務觀此作。觀此詞有「禁門鐘曉……」諸語，當是乾道元年正月元吉以考功郎徵後所作。《南澗甲乙稿》卷七尚有《江神子》「金山會飲」詞一首，應作于與務觀同遊金山時。

【輯評】

俞陛雲《唐五代兩宋詞選釋》：前八句皆言无咎趨朝時馳趨皇路，轉眼騰霄，接以「人生難料」二句，一折到題，筆力健勁。轉頭處追憶舊遊，别開一境，功名易老，惟有及時行樂，一醉方休耳。下闋之感歎，本上文「人生難料」句，「一尊」、「同醉」，前後之結句相呼應，章法周密。无咎殆康衢誤躓，放翁特詔其漫遊。觀「歲月」、「功名」三句，言春夢易醒，而慰藉之意自見。

附録韓无咎詞

念奴嬌 次韻陸務觀見貽念奴嬌韻

湖山泥影，弄晴絲、目送天涯鴻鵠。春水移船花似霧，醉裏題詩刻燭。離别經年，相逢猶健，底恨光陰速。壯懷渾在，浩然起舞相屬。　長記入洛聲名，風流觴詠，有蘭亭修竹。絶唱人間知不知，零落金貂誰續？北固煙鐘，西州雪岸，且共杯中緑。紫臺青瑣，看君歸上羣玉。

江神子 金山會飲

金銀樓閣認蓬萊，曉煙開，上崔嵬。風引孤帆，誰道却船回。鵬翼倚天鼇背穩，驚浪起、雪成堆。　翩翩黄鶴爲誰來？醉持杯，共徘徊。四面江聲，脚底隱晴雷。織女機頭憑借問：何處更、有瓊臺？

浣沙溪　和无咎韻

懶向沙頭醉玉瓶，唤君同賞小窗明，夕陽吹角最關情。　忙日苦多閒日少，新愁常續舊愁生，客中無伴怕君行。

【校】

此詞又見宋王之望《漢濱詩餘》，當誤收。

〔浣沙溪〕汲古閣本作《浣溪沙》。

〔懶向沙頭〕汲古閣本作「謾向寒爐」。

【箋注】

〔沙頭醉玉瓶〕李白《廣陵贈别》詩：「玉瓶沽美酒，數里送君還。」杜甫《醉歌行》詩：「酒盡沙頭雙玉瓶。」

〔唤君句〕唐方棫《失題》詩：「午醉醒來晚，無人夢自驚。夕陽如有意，長傍小窗明。」《詩稿》卷一《无咎兄郡齋燕集有詩末章見及敬次元韻》詩：「北風共愛地爐暖，西日同賞油窗明。」

〔夕陽句〕杜甫《上白帝城》詩：「老去聞悲角，人扶報夕陽。」

【編年】詞有「客中無伴怕君行」句，當是乾道元年正月，元吉以考功郎徵，將別鎮江時相和之作。元吉原詞今佚。

【輯評】俞陛雲《唐五代兩宋詞選釋》：首二句委婉有致。「夕陽」句於閑處寫情，意境並到。「忙日」、「新愁」二句率有唐人詩格。結句乃客中送客，人人意中所難堪者，作者獨能道出之，殆无咎將有遠行也。

滿江紅

危堞朱欄，登覽處、一江秋色。人正似、征鴻社燕，幾番輕別。繾綣難忘當日語，淒涼又作他鄉客。問鬢邊、都有幾多絲？真堪織。

楊柳院，鞦韆陌。無限事，成虛擲。如今何處也？夢魂難覓。金鴨微温香縹緲，錦茵初展情蕭瑟。料也應、紅淚伴秋霖，燈前滴。

【箋注】

〔人正似二句〕蘇軾《送陳睦知潭州》詩：「有如社燕與秋鴻，相逢未穩還相送。」

〔問鬢邊二句〕賈島《客喜》詩：「鬢邊雖有絲，不堪織寒衣。」

〔金鴨〕宋洪芻《香譜》卷下：「香獸，塗金爲狻猊、麒麟、鳧鴨之狀，空中以然香，使煙自口出，以爲玩好。復有雕木埏土爲之者。」

〔料也應二句〕宋聶勝瓊《鷓鴣天》詞：「枕前淚共階前雨，隔箇窗兒滴到明。」王子年《拾遺記》：「魏文帝所愛美人薛靈芸，……聞別父母，歔欷累日，淚下霑衣。至升車就路之時，以玉唾壺承淚，壺則紅色。既發常山，及至京師，壺中淚凝如血。」

【編年】

《南澗甲乙稿》卷七《滿江紅》詞序：「再至丹陽，每懷務觀。有歌其所製者，因用其韻，示王季夷、章冠之。」據韻脚，所和即此「危堞朱欄」一闋。元吉再至丹陽乃乾道二年秋赴建康途中。務觀此詞當作於乾道元年任鎮江通判時。是年七月，改任通判隆興軍事，自京口移官豫章。觀詞中有「登覽處、一江秋色。人正似、征鴻社燕，幾番輕別」等語，似爲臨行贈別之作。

附録韓无咎詞

滿江紅　再至丹陽每懷務觀有歌其所製者因用其韻示王季夷章冠之

江繞層城，重樓迥、依然山色。□□有、佳人猶記，舊家離別。把酒只如當日醉，揮毫剩欠樽前客。算平林、有恨寄傷心，烟如織。　湖平樹，花連陌。風景是，光陰易（按務觀詞原韻作擲）。嘆新聲渾在，斷雲難覓。暮雨不成巫峽夢，數峯還認湘波瑟。但與君、同看小槽紅，真珠滴。

浪淘沙　丹陽浮玉亭席上作

緑樹暗長亭。幾把離尊。陽關常恨不堪聞。何況今朝秋色裏，身是行人。　清淚浥羅巾。各自消魂。一江離恨恰平分。安得千尋橫鐵鎖，截斷煙津。

【校】

《中興以來絶妙詞選》卷二調下題作「别恨」。

【箋注】

〔浮玉亭〕《輿地紀勝》卷七《鎮江府》：「浮玉亭，需亭北。」「需亭，在府治西五里。」乾隆《江南通志》卷三十二《鎮江府》：「浮玉亭在丹徒縣玉山之趾，下臨江，即釣鼇亭。宋紹興間郡守程邁立，每肄習水軍，臨閱於此。今玉山寺，其故址也。」

〔長亭〕王褒《送別裴儀同》詩：「河橋望行旅，長亭送故人。」

〔陽關〕王維《送元二使安西》詩：「渭城朝雨浥輕塵，客舍青青柳色新。勸君更盡一杯酒，西出陽關無故人。」郭茂倩《樂府詩集》卷八十《近代曲辭·渭城曲》：「《渭城》一曰《陽關》，王維之所作也。本送人使安西詩，後遂被於歌。」

〔千尋鐵鎖〕《晉書》卷四十二《王濬傳》：「吴人於江險磧要害之處，并以鐵鎖横截之。又作鐵錐，長丈餘，暗置江中，以逆距船。」劉禹錫《西塞山懷古》詩：「千尋鐵鎖沉江底。」

【編年】

詞有「何況今朝秋色裏，身是行人」等語，當是乾道元年離鎮江時餞别于浮玉亭所作。

【輯評】

卓人月、徐士俊《古今詞統》卷七：（「安得」二句）想頭愈奇愈癡。《晉王濬傳》：吴人于江磧要害處，鐵鎖横截之，又爲鐵錐長丈餘，暗置江中。濬作大筏，令善水者以筏行，遇鐵錐，著筏而去。又作火炬，灌以麻油，遇鎖燒之，須臾融液斷絶。

俞陛雲《唐五代兩宋詞選釋》：長亭把酒，自古傷離，身是行人，誰能堪此！下闋言居者、行者，同是江水量愁，鐵鎖横江，本是斷東下之師，今以斷愁來之路，句新與情摯兼併，與永叔之「陌上尋人，倩他燕子」、玉田之「相思一事業，寄與孤鴻」，皆詞人幽邃之思。

定風波　進賢道上見梅贈王伯壽

欹帽垂鞭送客回，小橋流水一枝梅。衰病逢春都不記，誰謂，幽香却解逐人來。　安得身閑頻置酒，攜手，與君看到十分開。少壯相從今雪鬢，因甚？流年羇恨兩相催。

【箋注】

〔進賢〕今江西省進賢縣。《輿地紀勝》卷二十六引《宋會要》：「崇寧二年，分南昌縣四鄉、新建二鄉改鎮爲進賢縣。」

〔王伯壽〕未詳。宋張綱《華陽長短句》有《綠頭鴨》次韻王伯壽詞。張綱《華陽集》卷三十五有《王伯壽見復用前韻奉答》、《次韻伯壽述懷》詩，卷三十七有《王伯壽示佳作備述窮苦次韻奉呈》詩。

〔逐人來〕杜甫《諸將五首》（第五）詩：「錦江春色逐人來。」

〔兩相催〕杜甫《九日五首》（第一）詩：「干戈衰謝兩相催。」

【編年】

《宋會要稿》（九十五册）《職官》：「（乾道元年）三月八日，詔權通判鎮江府陸游與通判隆興府毛欽望兩易其任。……中書門下省奏陸游以兄沆提舉本路市舶，欽望與安撫陳之茂職事不協，并乞回避，故有是命。」宋王質《雪山集》卷十二《寄題陸務觀漁隱序》：「乙酉，務觀貳豫章。」詞爲「進賢道上見梅」作，當是年冬作於南昌。

戀繡衾

雨斷西山晚照明。悄無人、幽夢自驚。説道去多時也，到如今真箇是行。　遠山已是無心畫，小樓空、斜掩繡屏。你嚎早收心呵，趁劉郎雙鬢未星！

【校】

此詞各本未收，見宋陳鵠《西塘集耆舊續聞》卷十引，然未言何調。按之詞譜，知爲《戀繡衾》。今據補。

〔嚎〕四庫本《西塘集耆舊續聞》引此詞「嚎」作「更」。

【箋注】

〔遠山〕晉葛洪《西京雜記》卷二：「文君姣好，眉色如望遠山。」

〔劉郎〕情郎之代稱。《太平廣記》卷六十一引《神仙記》記晉劉晨、阮肇入天台山采藥遇仙女故事，後世詞曲據此常以劉郎代稱情郎。

【編年】

宋陳鵠《西塘集耆舊續聞》卷十：「公（謂務觀）官南昌日，代還，有贈別詞云……。」案乾道二年，務觀在隆興通判任。「言者論游交結臺諫，鼓唱是非，力説張浚用兵。免歸」（《宋史》本傳）。此詞當本年夏離南昌時作。

鷓鴣天

家住蒼煙落照間，絲毫塵事不相關。斟殘玉瀣行穿竹，卷罷黄庭卧看山。　貪嘯傲，任衰殘，不妨隨處一開顔。元知造物心腸别，老却英雄似等閒！

【箋注】

〔玉瀣〕酒名。明馮時化《酒史》卷上：「隋煬帝造玉瀣酒，十年不敗。」《詩稿》卷二十五《秋興》（第三詩：「蒲萄錦覆桐孫古，鸜鵒螺斟玉瀣香。」又卷三十六《漁隱堂獨坐至夕》詩：「一樽玉瀣足幽欣。」

〔黄庭〕道經名。《雲笈七籤》有《黄庭内景經》、《黄庭外景經》、《黄庭遁甲緣身經》三種，蓋道家言養生之書。

〔嘯傲〕陶淵明《飲酒》（第七）詩：「嘯傲東軒下，聊復得此生。」

〔造物〕《莊子·大宗師》：「偉哉夫造物者，將以予爲此拘拘也。」

【輯評】

卓人月、徐士俊《古今詞統》卷七：天地不仁，如是如是。

又

插脚紅塵已是顛，更求平地上青天！新來有箇生涯別，買斷煙波不用錢。沽酒市，採菱船。醉聽風雨擁蓑眠。三山老子真堪笑，見事遲來四十年。

【箋注】

〔紅塵〕班固《西都賦》：「闐城溢郭，旁流百廛，紅塵四合，煙雲相連。」

〔買斷句〕張相《詩詞曲語辭匯釋》卷三：「買斷，猶云買盡。」李白《襄陽歌》：「清風朗月不用一錢買。」《詩稿》卷二十八《出遊》詩：「買斷秋光不用錢。」

〔三山〕《詩稿》卷三十一《予所居三山在鏡湖上近取舍東地一畝種花數十株彊名小園因戲作長句》詩：

「出郭西南一里過，小園風月得婆娑。」《紹興府志》卷七十一《古迹志》一引《山陰縣志》：「宋寶謨閣待制陸游所居，在三山，地名西村。《於越新編》：『山在府城西九里鑑湖中，與徐瓶鼎峙，陸游所居。』」

〔見事遲〕《史記》卷七十九《范睢蔡澤列傳》：「穰侯智士而見事遲。」

又

懶向青門學種瓜，只將漁釣送年華。雙雙新燕飛春岸，片片輕鷗落晚沙。　歌縹緲，艣嘔啞。酒如清露鮓如花。逢人問道歸何處，笑指船兒此是家。

【箋注】

〔青門句〕《三輔黄圖》卷一：「長安城東出南頭第一門曰霸城門，民見門青色，名曰青城門，或曰青門。門外舊有佳瓜。廣陵人邵平爲秦東陵侯。秦破，爲布衣，種瓜東門外。瓜美，時人謂之東陵瓜。」

〔片片輕鷗〕杜甫《小寒食舟中作》詩：「片片輕鷗落閒幔。」

〔笑指句〕務觀時號「漁隱」。王質《寄題陸務觀漁隱》詩序：「乙酉，務觀貳豫章，書來告曰：『吾登孺子亭，見子以詩道南州高士之神情，奇哉！　吾巢會稽，築卑棲，號漁隱，子爲我詩之！』」《新唐書》卷一百九十六《張志和傳》：「願爲浮家泛宅，往來苕霅間。」

【編年】

右三詞篇幅相連，當是同時作。按《詩稿》卷三十二《幽棲》（第二）詩自注：「乾道丙戌，始卜居鏡湖之三山。」詞云：「新來有箇生涯別，買斷煙波不用錢」，當是乾道二年初歸里時作。又云：「見事遲來四十年」，是年務觀四十二歲，言「四十」者，舉成數耳。

【輯評】

卓人月、徐士俊《古今詞統》卷七：二首絶妙漁歌，亦靈均之寓言於滄浪也。

俞陛雲《唐五代兩宋詞選釋》：此作雖筆少迴旋，而襟懷閒適，縱筆寫來，有清空之氣。「新燕」、「輕鷗」二句，言心無掛礙，如鷗、燕之去住無心，即景以見意也。

采桑子

三山山下閒居士，巾履蕭然，小醉閒眠，風引飛花落釣船。

【校】

此詞各本未收，見宋陳鵠《西塘集耆舊續聞》卷十引，然僅録此半闋，亦未言何調。按之詞譜，知爲《采桑子》。今據補。

【箋注】

〔三山〕見前《鷓鴣天》（插脚紅塵已是顛）詞注。

〔居士〕宋蕭參《希通録》：「居士，本朝以居士稱者實繁，即孟子所謂處士也。六經中惟《禮記·玉藻》有曰：『居士錦帶。』注：『道藝處士也。』居士之名昉乎此。」

【編年】

宋陳鵠《西塘集耆舊續聞》卷十謂務觀「閒居三山日，方務德帥紹興，攜妓訪之，公有詞云……」。案方滋帥紹興，實爲乾道八年二月，九年五月移知平江府（據《嘉泰會稽志》卷二《太守題名》及《南澗甲乙稿》卷二十一《方公墓志銘》），爲務觀入蜀之第三年。陳鵠所記年代，顯有訛誤。疑是乾道二年始居鏡湖三山時作，時方滋爲兩浙轉運副使，容或有過訪之事。

大聖樂

電轉雷驚，自嘆浮生，四十二年。試思量往事，虚無似夢，悲歡萬狀，合散如烟。苦海無邊，愛河無底，流浪看成百漏船。何人解，向無常火裏，跌打身堅。　須臾便是華顛，好收拾形骸歸自然。又何須著意，求田問舍，生須宦達，死要名傳。壽夭窮通，是非榮辱，此事由來都在天。從今去，任東西南北，作個飛仙。

【校】

此詞各本未收，見明汪砢玉《珊瑚網・法書題跋》卷七，又見倪濤《六藝之一録》卷三百九十二。今據補。

【箋注】

〔電轉雷驚〕班固《西都賦》：「雷奔電激。」韓愈《郴口又贈二首》（第二）詩：「雷驚電激語難聞。」

〔苦海〕《法華經・壽量品》：「我見諸衆生，没在于苦海。」

〔愛河〕《楞嚴經》：「愛河乾枯，令汝解脱。」

〔無常〕《涅槃經》：「是身無常，念念不住，猶如電光、暴水、幻炎。」

〔求田問舍〕《三國志・魏志》卷七《陳登傳》：「後許汜與劉備並在荆州牧劉表坐，表與備共論天下人。汜曰：『陳元龍湖海之士，豪氣不除。』備謂表曰：『許君論是非？』表曰：『欲言非，此君爲善士，不宜虚言；欲言是，元龍名重天下。』備問汜：『君言豪，寧有事邪？』汜曰：『昔遭亂，過下邳，見元龍。元龍無客主之意，久不相與語，自上大床卧，使客卧下床。』備曰：『君有國士之名，今天下大亂，帝王失所，望君憂國忘家，有救世之意；而君求田問舍，言無可采，是元龍所諱也，何緣當與君語！如小人，欲卧百尺樓上，卧君于地，何但上下床之間邪！』」

〔壽夭三句〕《論語・顔淵》：「子夏曰：『商聞之矣，死生有命，富貴在天。』」

〔飛仙〕漢東方朔《十洲記》：「蓬丘者，蓬萊也。對東大海之東北岸，其山週迴五千里，別有圓海繞山。

圓海水正黑，而謂之冥海，無風而洪波百丈，不可得往。上有九成氣丈人九天真王宮，蓋太上真人所居，唯有飛仙得到其處也。」

【編年】

詞有「自嘆浮生，四十二年」之句，當是乾道二年居鏡湖三山時作。

附録：《大聖樂》詞稿跋（見明李日華《六研齋筆記》卷一）

一

元　陳深

南宋放翁詞稿真蹟，凡一百一十七字。至正改元，獲於山陰王英孫家。細窮詳玩，備見句法清真，筆勢圓熟，信一代之名迹也。按放翁爲陸游務觀别號，工詞翰，累官華文閣待制，封渭南縣伯，有集百卷行世，斯其人風流文雅可知矣。此詞雖係草稿，妙在不經意中，天真爛發，姿態横生，種種可爲師法，雜之楊凝式、大小米間，又曷愧耶？是歲十月之望，吴郡陳深敬題。

二

明　李日華

陸放翁詞稿，行草爛漫，如黄如米，細玩之，則顔魯公、楊少師精髓皆在。詞乃《大聖樂》，亦辛稼軒之流也。

滿江紅 夔州催王伯禮侍御尋梅之集

疎蕊幽香，禁不過、晚寒愁絶。那更是、巴東江上，楚山千疊。欹帽閒尋西瀼路，亸鞭笑向南枝説。恐使君、歸去上鑾坡，孤風月。 清鏡裏，悲華髮。山驛外，溪橋側。凄然回首處，鳳凰城闕。顦顇如今誰領略？飄零已是無顔色。問行廚、何日唤賓僚？猶堪折。

【箋注】

〔夔州〕今重慶市奉節縣。《入蜀記》：「州在山麓沙上，所謂魚復永安宫也。宫今爲州倉，而州治在宫西北、甘夫人墓西南。景德中，轉運使丁謂、薛顔所徙。比白帝頗平曠，然失關險，無復形勢。」《老學庵筆記》卷五：「唐夔州在白帝城，地勢險固。本朝太平興國中，丁晉公爲轉運使，始遷於瀼西。」

〔王伯禮〕《夔州府志》（清乾隆十一年刊本）卷五《秩官》：「王伯庠，濟南人，乾道中任，先爲御史。」《夔州府志》（清道光七年刊本）卷二十三《秩官》：「王伯庠，知夔州軍，主管安撫司事。」清厲鶚《宋詩紀事》卷四十四：「伯庠，字伯禮，鄞人。參政次翁之子。紹興二年進士，官至夔州路安撫。」《文集》卷十四《雲安集序》：「公（謂伯庠）自少時寓祕閣直，晚由尚書郎長三院御史，出牧於夔，實督陝中十五郡。」

〔巴東〕《舊唐書》卷三十九《地理一》：「夔州，隋巴東郡。武德元年改爲信州，二年，又改信州爲夔州。」

〔西瀼〕宋樂史《太平寰宇記》卷一百四十八：「千頃池在（大昌）縣西三百六十里，波瀾浩渺，莫知涯際。分爲三道：一道東流，當縣西爲井源；一道西流，爲雲安縣湯溪；一道南流，爲奉節縣西瀼水。」《入蜀記》：「（夔州）在瀼之西，故一曰瀼西。土人謂山間之流通江者曰瀼云。」《文集》卷十七《東屯高齋記》：「瀼西，蓋今夔府治所。」

〔南枝〕《白氏六帖》：「庾嶺上花，南枝已落，北枝方開，寒暖之候異也。」

〔鑾坡〕宋葉夢得《石林燕語》卷五：「俗稱翰林學士爲坡，蓋唐德宗時嘗移學士院於金鑾坡上，故亦稱鑾坡。」

〔鳳凰城闕〕謂京城。杜甫《夜》詩：「步蟾倚杖看牛斗，銀漢遥應接鳳城。」宋趙次公注：「秦繆公女弄玉吹簫，鳳降其城，因號丹鳳城。其後號京都之城曰鳳城。」

〔行廚〕杜甫《嚴公仲夏枉駕草堂兼攜酒饌》詩：「竹裏行廚洗玉盤。」

〔猶堪折〕杜秋娘《金縷詞》：「有花堪折直須折，莫待無花空折枝。」

【編年】

據《入蜀記》，務觀於乾道五年十二月六日，得報差通判夔州。乾道六年閏五月十八日，離山陰赴任。十月二十七日，至夔州。時濟南王伯庠知州事。詞爲催伯禮尋梅之集，當作于是年冬。

感皇恩　伯禮立春日生日

春色到人間，綵旛初戴。正好春盤細生菜。一般日月，只有仙家偏耐。雪霜從點鬢，朱顔在。　温詔鼎來，延英催對。鳳閣鸞臺看除拜。對衣裁穩，恰稱毬紋新帶。箇時方旋了，功名債。

【箋注】

〔綵旛初戴〕宋孟元老《東京夢華録》卷六：「春日，宰執親王百官皆賜金銀幡勝，入賀訖，戴歸私第。」宋金盈之《醉翁談録》卷三：「立春日，……自郎官御史寺監長貳以上，皆賜春旛勝，以羅爲之，近臣皆加賜銀勝。」

〔春盤細生菜〕杜甫《立春》詩：「春日春盤細生菜。」宋陳元靚《歲時廣記》卷八引《唐四時寶鏡》：「立春日，食蘆菔春餅生菜，號春盤。」又引《摭遺》：「東晉李鄂，立春日命蘆菔芹芽爲菜盤饋貺，江淮人多傚之。」又引《齊人月令》：「凡立春日食生菜，不可過多，取迎新之意而已。」

〔鼎來〕《漢書》卷八十一《匡衡傳》：「諸儒爲之語曰：『無説詩，匡鼎來。』」服虔注：「鼎猶言當也，言匡且來也。」應劭注：「鼎，方也。」

〔延英〕唐李綽《尚書故實》：「今延英殿，靈芝殿也，謂之小延英。苗韓公居相位，以足疾步驟微蹇，上每於此待之。宰相對於小延英，自此始也。」宋錢易《南部新書》甲：「上元中，長安東内始置延英殿。每侍臣賜對，則左右悉去。故直言讜議，盡得上達。」

〔鳳閣鸞臺〕《舊唐書》卷四十二《職官一》：「光宅元年九月，改門下省爲鸞臺，中書省爲鳳閣。」

〔除拜〕《漢書》卷五《景帝紀》：「初除之官。」如淳注：「凡言除者，除故官就新官也。」

〔對衣〕宋時召見大臣，常賜以對衣鞍馬。

〔毬紋新帶〕宋歐陽修《歸田録》卷二：「國朝之制，自學士已上賜金帶者，例不佩魚。若奉使契丹及館伴北使則佩，事已復去之。唯兩府之臣則賜佩，謂之重金。初太宗嘗曰：『玉不離石，犀不離角，可貴者堆金也。』乃創爲金銙之制以賜羣臣，方團毬路以賜兩府，御仙花以賜學士以上。今俗謂毬路爲笏頭，御仙花爲荔枝，皆失其本號也。」宋范鎮《東齋記事・補遺》：「毬路金帶，俗謂之笏頭帶，非二府文臣不得賜。」

〔箇時〕《詩詞曲語辭匯釋》卷三：「箇，指點辭，猶這也，那也。」

〔旋了〕《詩詞曲語辭匯釋》卷二：「旋了，漸了也。」

【編年】

乾道六年冬、立春日，在夔州壽王伯庠作。明年八月，王伯庠即離夔州，移牧永嘉。

驀山溪 送伯禮

元戎十乘，出次高唐館。歸去舊鵷行，更何人、齊飛霄漢。瞿唐水落，惟是淚波深，催疊鼓，起牙檣，難鎖長江斷。　春深鼇禁，紅日宮甎暖。何處望音塵？黯消魂、層城飛觀。人情見慣，不敢恨相忘，梅驛外，蓼灘邊，只待除書看。

【箋注】

〔元戎十乘〕《詩經・小雅・六月》：「元戎十乘，以啓先行。」毛傳：「元，大也。」

〔高唐館〕宋玉《高唐賦序》：「昔者楚襄王與宋玉遊於雲夢之臺，望高唐之觀。」

〔鵷行〕謂朝班。杜甫《至日遣興奉寄北省舊閣老兩院故人二首》（第一）詩：「去歲茲辰捧御床，五更三點入鵷行。」

〔霄漢〕杜牧《書懷寄中朝往還》詩：「霄漢幾多同學伴，可憐頭角盡卿材。」

〔瞿唐〕《太平寰宇記》卷一百四十八：「瞿唐峽在（夔）州東一里，古西陵峽也。連崖千丈，奔流電激，舟人爲之恐懼。」

〔疊鼓〕《文選》謝朓《鼓吹曲》：「疊鼓送華輈。」李善注：「小擊鼓謂之疊。」

〔牙檣〕庾信《哀江南賦》：「鐵軸牙檣。」杜甫《秋興八首》（第六）詩：「錦纜牙檣起白鷗。」

〔雞鎖長江斷〕見前《浪淘沙》（緑樹暗長亭）詞注。

〔鼇禁〕謂學士院。宋人以翰苑清貴，比其爲神仙所居之鼇山。楊億《禁直》詩：「千廬迭唱傳宵警，海山鼇背蓬壺頂。」晏殊《初秋宿直》詩：「上帝册書羣玉府，仙人宫闕巨鼇山。」又以其在禁中，故稱鼇禁。

〔飛觀〕曹植《雜詩》（第六）詩：「飛觀百餘尺。」

【編年】

《文集》卷十四《雲安集序》：「公（謂王伯庠）以乾道七年八月移牧永嘉。」此詞即伯庠離夔時送行之作。

木蘭花　立春日作

三年流落巴山道。破盡青衫塵滿帽。身如西瀼渡頭雲，愁抵瞿唐關上草。　春盤春酒年年好，試戴銀旛判醉倒。今朝一歲大家添，不是人間偏我老。

【校】

〔木蘭花〕汲古閣本作《玉樓春》。

〔青衫〕汲古閣本作「青山」。

【箋注】

〔三年句〕杜甫《乾元中寓居同谷縣作歌七首》（第七）詩：「三年飢走荒山道。」

〔瞿唐關〕《入蜀記》：「瞿唐關，唐故夔州，與白帝城相連。杜詩云：『白帝夔州各異城』，蓋言難辨也。關西門正對灩澦堆。堆碎石積成，出水數十丈。土人云：『方夏秋水漲時，水又高于堆數十丈。』」

〔判〕《詩詞曲語辭匯釋》卷五：「判，割捨之辭，亦甘願之辭。自宋以後多用拚字或拼字，而唐人則多用判字。」

〔今朝二句〕《詩稿》卷二十二《幽居》（第二）詩：「流年不貸人皆老，造物無私我自窮。」

【編年】

乾道六年，務觀至夔州，始見巴山。詞云「三年流落巴山道」，當是乾道七年冬末立春日作，以過立春即入第三年也。乾道八年正月，務觀即離夔州赴南鄭。

【輯評】

卓人月、徐士俊《古今詞統》卷八：（「今朝」二句）此老崛強如此。

臨江仙 離果州作

鳩雨催成新綠，燕泥收盡殘紅。春光還與美人同。論心空眷眷，分袂却匆匆。只道真情易寫，那知怨句難工。水流雲散各西東。半廊花院月，一帽柳橋風。

【校】

《中興以來絶妙詞選》卷二調下題作「晚春」。

【箋注】

〔果州〕治今四川省南充縣。

〔鳩雨〕《詩稿》卷一《秋陰》詩：「雨來鳩有語。」又卷七十一《連日雲興氣濁雨意欲成西南風輒大作比夜月明如晝》詩：「鳩自呼鳴蚓自歌。」自注：「二者鄉人以爲雨候。」

〔眷眷〕《詩經·小雅·小明》：「睠睠懷顧。」「睠睠」即「眷眷」。

〔只道〕《詩詞曲語辭匯釋》卷四：「只道，猶云只知也。」

【編年】

乾道八年，務觀在夔州任滿，應四川宣撫使王炎辟爲幕賓，以左承議郎權四川宣撫使司幹辦公事兼檢法官。「四川宣撫使故治益昌（今四川省廣元縣）。樞密使清源公（謂王炎）之爲使也，始徙漢中，即以郡治爲府」（《文集》卷十七《静鎮堂記》）。正月，自夔州啓行，取道萬州，過梁山軍、鄰水、岳池、廣安、果州。在果州有《果州驛》、《留樊亭三日王覺民檢詳日攜酒來飲海棠下比去花亦衰矣》、《柳林酒家小樓》諸詩（見《詩稿》卷三）。《柳林酒家小樓》詩云：「記取晴明果州路，半天高柳小青樓。」與此詞同是離果州時作。

【輯評】

卓人月、徐士俊《古今詞統》卷九：前後段起句各少一字。　昌黎云：「歡娛之詞難工，愁楚之音易妙。」豈深於愁者哉？

潘游龍《古今詩餘醉》卷二：「半廊」二句殊飾。

先著、程洪《詞潔輯評》卷二：以末二語不能割棄。

鷓鴣天　葭萌驛作

看盡巴山看蜀山，子規江上過春殘。慣眠古驛常安枕，熟聽陽關不慘顏。　慵服氣，懶燒丹，不妨青鬢戲人間。祕傳一字神仙訣，說與君知只是頑。

【箋注】

〔葭萌驛〕明曹學佺《蜀中名勝記》卷二十四引《本志》云：「（葭萌）縣（故治在今四川省廣元縣西南）北百八十里施店驛，即古葭萌驛，驛即古縣址也。」《詩稿》卷二十八《夢至小益》詩：「葭萌古路緣雲壁，桔柏浮梁暗櫟林。」又卷五十二《有懷梁益舊遊》詩：「亂山落日葭萌驛，古渡悲風桔柏江。」又卷五十五《夢行小益道中》（第一）詩：「棧雲零亂馱鈴聲，驛樹輪囷樺燭明。清夢不知身萬里，只言今夜宿葭萌。」

〔慵服氣二句〕服氣，道家修養之法，即所謂吐納。《晉書》卷八十《許邁傳》：「常服氣，一氣千餘息。」

《詩稿》卷三十一《贈道友》（第四）詩：「服氣燒丹總不能。」卷五十四《養生》詩：「昔雖學養生，所遇少碩師。金丹既茫昧，鸞鶴安可期。」〔祕傳二句〕《詩稿》卷五十五《雜感》（第二）詩：「古言忍字似而非，獨有癡頑二字奇。此是龜堂安樂法，大書銘座更何疑？」又卷六十一《書歎》詩：「無能自號癡頑老，尚健人稱矍鑠翁。」又卷六十六《初夏閑居》（第七）詩：「功名會上元須福，生死津頭正要頑。試説龜堂得力處，向來何啻半生閑。」又卷七十八《稽山道中》詩：「八十年間幾來往？癡頑不料至今存。」

【編年】

案乾道八年，務觀往反梁益間，經葭萌驛凡三次。詞云：「看盡巴山看蜀山，子規江上過春殘。」當是三月間自夔州初入漢中時作。

【輯評】

卓人月、徐士俊《古今詞統》卷七：寧爲謫仙，勝作才鬼。

蝶戀花　離小益作

陌上簫聲寒食近。雨過園林，花氣浮芳潤。千里斜陽鐘欲暝，憑高望斷南樓信。

海角天涯行略盡。三十年間，無處無遺恨。天若有情終欲問，忍教霜點相思鬢。

【箋注】

〔小益〕《輿地紀勝》卷一百八十四引《圖經》：「（益昌）時人又呼爲小益，對成都之爲大益也。」宋樂史《太平寰宇記》卷一三五《利州》：「後魏正始五年，于東晉壽郡立西益州，世號爲小益州。……梁永聖三年，又改西益州爲利州。……天寶元年，改爲益昌郡。……乾元元年，復爲利州。……皇朝因之。」

〔陌上簫聲〕宋祁《寒食假中作》詩：「簫聲催暖賣餳天。」《詩・周頌・有瞽》：「簫管備舉。」孔穎達疏：「其時賣餳之人吹簫以自表也。」

〔寒食〕宗懍《荆楚歲時記》：「去冬節一百五日，即有疾風甚雨，謂之寒食，禁火三日。」

〔天若有情〕李賀《金銅仙人辭漢歌》：「天若有情天亦老。」

【編年】

務觀自夔州赴南鄭，取道利州（即益昌）。詞云「陌上簫聲寒食近」，《詩稿》卷三有《金牛道中遇寒食》詩，金牛道乃蜀之南棧，爲由益昌至漢中之要道，是此詞乃乾道八年寒食前離益昌作。

【輯評】

俞陛雲《唐五代兩宋詞選釋》：前半首寫景，略見懷遠之意。清麗而兼倜儻，頗類《六一詞》。後半首寫懷，浪迹天涯，歷三十年之久，而皆留遺恨，其平生潦倒可知。而天公仍不見憐，任其秋霜滿鬢。集中《鷓鴣天》詞所謂「原知造物心腸别，老卻英雄似等閒」，秋肅春温，天意本視同平等，則此老呵壁問天，果何益耶？

望梅

壽非金石。恨天教老向，水程山驛。似夢裏、來到南柯，這些子光陰，更堪輕擲！戍火邊塵，又過了、一年春色。歎名姬駿馬，盡付杜陵，苑路豪客。　長繩漫勞繫日。看人間俯仰，俱是陳迹。縱自倚、英氣凌雲，奈回盡鵬程，鎩殘鸞翮。終日憑高，悄不見、江東消息。算沙邊、也有斷鴻，倩誰問得？

【校】

〔邊塵〕汲古閣本作「邊城」。

【箋注】

〔壽非金石〕《古詩》：「人生非金石，豈能長壽考？」

〔南柯〕唐廣陵淳于棼，嘗夢奉邀入一大城，題曰「大槐安國」。其王妻之以女，復拜爲南柯太守。二十載，郡中大理，王甚重之。後公主卒，罷郡還國。因威福日盛，王頗疑憚，便遣還家，由是醒寤。乃尋夢中所由入之宅南大古槐下，得一蟻穴，即槐安國也。又窮一穴，直上南枝，中處羣蟻，即所領南柯郡也。詳見唐李公佐《南柯太守傳》。

〔杜陵〕在長安城東南，秦時爲杜縣地，因有漢宣帝陵墓，故稱杜陵。

〔長繩句〕傅玄《九曲歌》：「安得長繩繫白日？」

〔看人間二句〕晉王羲之《蘭亭序》：「向之所欣，俛仰之間，已爲陳迹，猶不能不以之興懷。」

〔鎩殘鸞翮〕《文選》顔延年《五君詠（嵇中散）》：「鸞翮有時鎩。」李善注：「許慎曰：鎩，殘羽也。」

〔算沙邊三句〕《詩稿》卷三十五《秋夜》詩：「故人萬里無消息，便擬江頭問斷鴻。」

【編年】

詞云：「戍火邊塵，又過了、一年春色。」當是乾道八年春夏間在南鄭幕府作。南鄭地近邊疆，故有「戍火邊塵」之語。

浣沙溪　南鄭席上

浴罷華清第二湯，紅緜撲粉玉肌涼。娉婷初試藕絲裳。　鳳尺裁成猩血色，螭奩熏透麝臍香。水亭幽處捧霞觴。

【箋注】

〔南鄭〕今陝西省漢中市。時爲四川宣撫司治所。

〔華清第二湯〕《元和郡縣圖志》卷一：「華清宫在驪山上。開元十一年，初置温泉宫。天寶六年，改爲華清宫。」宋張洎《賈氏譚録》：「驪山之華清宫，……湯泉凡一十八所，第一所是御湯。」此係借用。
〔初試藕絲裳〕李賀《天上謡》詩：「粉霞紅綬藕絲裙。」歐陽修《浣溪沙》詞：「佳人初試薄羅裳。」
〔猩血色〕晉常璩《華陽國志》卷四：「猩猩獸能言，其血可以染朱罽。」
〔螭奩〕宋張掄《紹興内府古器評》卷下：「漢雲螭奩，是器奩也。偏體以螭爲飾，而蓋作屯雲之狀，仍間以螭穴，其末可以通氣，豈非香煙之所從出乎？」《詩稿》卷四《雨中至西林寺》詩：「螭奩一縷起微熏。」
〔麝臍香〕《説文解字・鹿部》：「麝如小麋，臍有香。」

【編年】

詞有「浴罷」「藕絲裳」句，當是乾道八年夏在南鄭作。

【輯評】

俞陛雲《唐五代兩宋詞選釋》：通首由浴後次第寫妝飾之麗，其人之妍妙自見。末句僅以捧觴作結，含情在無言處也。

秋波媚　七月十六日晚登高興亭望長安南山

秋到邊城角聲哀，烽火照高臺。悲歌擊筑，憑高酹酒，此興悠哉！多情誰似南山月，特地暮雲開。灞橋煙柳，曲江池館，應待人來。

【箋注】

〔高興亭〕《詩稿》卷五十四《重九無菊有感》自注：「高興亭在南鄭子城西北，正對南山。」

〔南山〕終南山。宋程大昌《雍録》：「終南山橫亘關中南面，西起秦隴，東徹藍田，凡雍、岐、郿、鄠、長安、萬年相去六百里，而連綿峙據其南者，皆此之一山也。」《詩稿》卷五《觀長安城圖》：「許國雖堅鬢已斑，山南經歲望南山。」

〔烽火照高臺〕《詩稿》卷十三《辛丑正月三日雪》：「忽思西戍日，凭堞待傳烽。」自注：「予從戎日，嘗大雪中登興元城上高興亭，待平安火至。」卷三十一《病思》：「壯游誰信梁州日，大雪登城望夕烽。」卷三十七《感舊》（第四）：「馬宿平沙夜，烽傳絶塞秋。」自注：「平安火並南山來，至山南城下。」

〔擊筑〕《史記·游俠列傳》：「荆軻嗜酒，日與狗屠及高漸離飲於燕市，酒酣以往，高漸離擊筑，荆軻和而歌於市中，相樂也。」

〔灞橋煙柳〕《三輔黃圖》卷六：「霸橋在長安東，跨水作橋。漢人送客至此橋，折柳贈別。」

〔曲江池館〕唐康駢《劇談録》卷下：「曲江池，本秦世隑州，開元中疏鑿，遂爲勝境。其南有紫雲樓、芙蓉苑，其西有杏園、慈恩寺。花卉環周，煙水明媚。都人遊玩，盛於中和、上巳之節。」《文集》卷十四《東樓集序》：「北遊山南，凭高望鄠、萬年諸山，思一醉曲江、渼陂之間，其勢無由，往往悲歌流涕。」

〔應待人來〕《宋史·陸游傳》：「王炎宣撫川陝，辟爲幹辦公事。游爲炎陳進取之策，以爲經略中原，必自長安始；取長安，必自隴右始。當積粟練兵，有釁則攻，無則守。」《文集》卷二十五《書渭橋事》：「河、渭之間，奥區沃野，周、秦、漢、唐之遺迹隱轔故在。……虜暴中原積六七十年，腥聞于天。王師一出，中原豪傑，必將響應。決策入關，定萬世之業，兹其時矣。」《詩稿》卷三《山南行》：「國家四紀失中原，師出江淮未易吞。會看金鼓從天下，却用關中作本根。」

【編年】

乾道八年七月十六日在南鄭作。

清商怨　葭萌驛作

江頭日暮痛飲，乍雪晴猶凛。山驛淒涼，燈昏人獨寢。　鴛機新寄斷錦，歎往事、不堪重省。夢破南樓，緑雲堆一枕。

【箋注】

〔鴛機句〕見前《釵頭鳳》（紅酥手）「錦書」注。

〔緑雲〕謂女子頭髮。李商隱《深樹見一顆櫻桃尚在》詩：「矮墮緑雲髻。」杜牧《阿房宫賦》：「緑雲擾擾，梳曉鬟也。」

【編年】

乾道八年十一月，務觀改除成都府安撫司參議官，自漢中適成都。詞有「乍雪晴猶凛」句，當即此行途中宿葭萌驛作。

齊天樂 左綿道中

角殘鐘晚關山路，行人乍依孤店。塞月征塵，鞭絲帽影，常把流年虛占。藏鴉柳暗。歎輕負鶯花，謾勞書劍。事往關情，悄然頻動壯遊念。　孤懷誰與強遣？市壚沽酒，酒薄怎當愁釅。倚瑟妍詞，調鉛妙筆，那寫柔情芳豔。征途自厭。況煙斂蕪痕，雨稀萍點。最是眠時，枕寒門半掩。

【校】

四部叢刊本調下無題。

【箋注】

〔左綿〕今四川省綿陽縣。因在涪江之左，故稱左綿。宋祝穆《方輿勝覽》卷五十四《綿州》：「郡名左綿。」小注：「以綿水經其左，故謂之左綿。左太沖《蜀都賦》：於東則有左綿、巴中。」

〔鞭絲帽影〕《詩稿》卷三《雪晴行益昌道中頗有春意》詩：「愁在鞭絲帽影間。」
〔藏鴉柳暗〕《讀曲歌》：「暫出白門前，楊柳可藏烏。」
〔雨稀萍點〕李商隱《細雨》詩：「點細未開萍。」

【編年】

務觀自興元啓程赴成都，途經綿州。《詩稿》卷三有《綿州魏成縣驛有羅江東詩云芳草有情皆礙馬好雲無處不遮樓戲用其韻》、《行綿州道中》、《綿州録參軍廳觀姜楚公畫鷹少陵爲作詩者》諸詩，與此詞皆一時之作。

【輯評】

卓人月、徐士俊《古今詞統》卷十四：劉改之云：「人道愁來須殢酒，無奈愁深酒淺。」

漢宫春 初自南鄭來成都作

羽箭雕弓，憶呼鷹古壘，截虎平川。吹笳暮歸野帳，雪壓青氊。淋漓醉墨，看龍蛇、飛落蠻牋。人誤許、詩情將略，一時才氣超然。何事又作南來，看重陽藥市，元夕燈山。花時萬人樂處，攲帽垂鞭。聞歌感舊，尚時時、流涕尊前。君記取、封侯事在，功名不信由天。

【箋注】

〔呼鷹古壘〕《詩稿》卷十三《忽忽》詩：「呼鷹古廟秋。」自注：「南鄭漢高帝廟，予從戎時，多獵其下。」

〔截虎平川〕《詩稿》卷三《三月十七日夜醉中作》詩：「去年射虎南山秋，夜歸急雪滿貂裘。」又卷六《春感》詩：「叉魚狼藉漾水濁，獵虎蹴蹋南山空。」又卷十一《憶山南》（第一）詩：「貂裘寶馬梁州日，盤槊横戈一世雄。怒虎吼山争雪刃，驚鴻出塞避雕弓。」又卷十四《十月二十六日夜夢行南鄭道中既覺恍然攬筆作此詩時且五鼓矣》詩：「雪中痛飲百榼空，蹴踏山林伐狐兔。眈眈北山虎，食人不知數。孤兒寡婦仇不報，日落風生行旅懼。我聞投袂起，大呼聞百步。奮戈直前虎人立，吼裂蒼崖血如注。從騎三十皆秦人，面青氣奪空相顧。」又卷二十八《懷昔》詩：「昔者戍梁益，寢飯鞍馬間。一日歲欲暮，揭鞭臨散關。增冰塞渭水，飛雪暗岐山。悵望釣璜公，英概如可還。挺劍刺乳虎，血濺貂裘殷。至今傳軍中，尚愧壯士顔。」又卷三十八《三山杜門作歌》（第三）詩：「中歲遠遊踰劍閣，青衫誤入征西幕。南沮水邊秋射虎，大散關頭夜吹角。」《詩詞曲語辭匯釋》卷六：「平川，即平地也。」

〔淋漓醉墨〕杜甫《飲中八仙歌》詩：「張旭三杯草聖傳，脱帽露頂王公前，揮毫落紙如雲煙。」《新唐書》卷二百零二《張旭傳》：「旭，蘇州吴人。嗜酒，每大醉，呼叫狂走，乃下筆。或以頭濡墨而書，既醒自視，以爲神，不可復得也。」

〔龍蛇〕唐孫過庭《書譜》：「復有龍蛇雲露之流，龜鶴花英之類。」李白《草書歌行》詩：「時時只見龍蛇走，左盤右蹙如驚電。」《詩稿》卷十八《冬夜》詩：「起提一筆掃疋紙，入卷颯颯奔龍蛇。」

〔蠻牋〕元費著《牋紙譜》：「謝公有十色牋，……楊文公億《談苑》載韓浦《寄弟》詩云：『十樣蠻牋出益州，寄來新自浣花頭。』謝公牋出於此乎？」

〔重陽藥市〕《老學庵筆記》卷六：「成都藥市以玉局觀爲最盛，用九月九日。楊文公《談苑》曰七月七日，誤也。」《歲時廣記》卷三十六引《四川記》：「成都九月九日爲藥市。詰旦，盡一川所出藥草異物與道人畢集，帥守置酒行市以樂之，別設酒以犒道人。是日早，士人盡入市中，相傳以爲吸藥氣愈疾，令人康寧。」

〔元夕燈山〕《詩稿》卷八《丁酉上元》（第二）詩：「鼓吹連天沸五門，燈山萬炬動黄昏。」《歲時廣記》卷十引《歲時雜記》：「成都府燈山或過于闕前。上爲飛橋山亭，太守以次，止三數人，歷諸亭榭，各數盃乃下，從僚屬飲。棚前如京師棘盆處，緝木爲垣，其中旋植花卉，舊日捕山禽雜獸滿其中，後止圖刻土木爲之。蜀人性不兢，以次登垣，旋遶觀覽。」

〔花時二句〕《老學庵筆記》卷八：「四月十九日，成都謂之浣花。遨頭宴于杜子美草堂滄浪亭。傾城皆出，錦繡夾道。自開歲宴遊，至是而止，故最盛于他時。予客蜀數年，屢赴此集，未嘗不晴。蜀人云：『雖戴白之老，未嘗見浣花日雨也。』」

〔功名句〕見前《大聖樂》（電轉雷驚）「壽夭三句」注。

【編年】

乾道九年初自南鄭至成都作。

【輯評】

卓人月、徐士俊《古今詞統》卷十二：寫出腦後風生、鼻端火出之況。

俞陛雲《唐五代兩宋詞選釋》：人當少年氣滿，視青紫如拾芥，幾經挫折，便頹放自甘。放翁獨老猶健，當其上馬打圍，下馬草檄，何等豪氣！迨漫遊蜀郡，人樂而我悲，愴然懷舊，而封侯素志，尚欲以人定勝天，可謂壯矣。此詞奮筆揮灑，其才氣與東坡、稼軒相似。汲古閣刻其詞集，謂「超爽處更似稼軒耳」。

夜遊宮　宮詞

獨夜寒侵翠被，奈幽夢、不成還起。欲寫新愁淚濺紙。憶承恩，歎餘生，今至此。

蔌蔌燈花墜，問此際、報人何事？咫尺長門過萬里。恨君心，似危欄，難久倚！

【校】

四部叢刊本調下無題。

【箋注】

〔咫尺長門〕司馬相如《長門賦序》：「孝武皇帝陳皇后，時得幸，頗妬，別在長門宮。」王安石《明妃曲》：「君不見咫尺長門閉阿嬌，人生失意無南北。」

【編年】

此詞寄慨君臣遇合，蓋有慨于王炎被廢而作。王炎，山西清源人，《宋史》無傳。乾道二年五月，王炎自兩浙路計度轉運副使除直敷文閣、知臨安府；十一月，除祕閣修撰（《宋會要輯稿・選舉》卷三百〇四）；三年五月，除敷文閣待制、知荆南府（《中興聖政》卷四十六）；四年二月，自右朝奉大夫試兵部侍郎，賜同進士出身，除端明殿學士、簽書樞密院事；五年二月，兼權參知政事兼同知國用事、知樞密院事（《宋史》卷二百十三《宰輔表》）；三月，除四川宣撫使，仍參知政事（《宋史》卷三十四《孝宗本紀》）。蓋以其才略奮發，故不數歲而取公輔。出鎮漢中，實用以經略中原，圖謀進取。乾道八年三月，務觀抵南鄭，即爲炎陳進取之策（參見前《秋波媚》「秋到邊城角聲哀」注）。七月，爲炎作《静鎮堂記》，并寄以恢復厚望。然此時孝宗已無意用兵。《宋史・孝宗本紀贊》謂其「即位之初，鋭志恢復，符離邂逅失利，重違高宗之命，不輕出師，又值金世宗之立，金國平治，無釁可乘。……天厭南北之兵，欲休民生，故帝用兵之意弗遂而終焉。」故是年九月，即詔王炎赴都堂治事（《宋史・孝宗本紀》）；九年正月，王炎罷樞密使，以觀文殿學士提舉臨安府洞霄宮（《宋史》卷二百十三《宰輔表》），自後不再起用。此詞慨嘆王炎之君臣遇合，亦即自悼壯志不酬。乾道九年，務觀在嘉州，作《長門怨》詩云：「早知獲譴速，悔不承恩遲。」又作《長信宮詞》云：「憶年十七兮初入未央，獲侍步輦兮恭承寵光。地寒祚薄兮自貽不祥，讒言乘之兮罪釁日彰。」（見《詩稿》卷四）皆與此詞同其寓意，詞當亦乾道九年間作。

【輯評】

卓人月、徐士俊《古今詞統》卷八：（「恨君」三句）戒心之語。

鷓鴣天　送葉夢錫

家住東吴近帝鄉，平生豪舉少年場。十千沽酒青樓上，百萬呼盧錦瑟傍。　身易老，恨難忘，尊前贏得是淒涼。君歸爲報京華舊，一事無成兩鬢霜。

【校】

汲古閣本調下無題。

【箋注】

〔葉夢錫〕《宋史》卷三百八十四《葉衡傳》：「葉衡，字夢錫，婺州金華人。紹興十八年進士第。知荆南、成都、建康府，除户部尚書。除簽書樞密院事，拜參知政事。拜右丞相，兼樞密使。年六十二薨。」《文集》卷四十三《入蜀記》：「（乾道六年五月）二十五日晚，葉夢錫侍郎衡招飲，案間設礬山數盆，望之如雪。」

〔帝鄉〕謂臨安。

〔平生句〕《詩稿》卷二《自笑》詩：「自笑平生醉後狂，千鍾使氣少年場。」

〔十千沽酒〕曹植《名都篇》詩：「歸來宴平樂，美酒斗十千。」

〔百萬呼盧〕《晉書》卷八十五《劉毅傳》：「（毅）後在東府，聚樗蒱大擲。一判應至數百萬，餘人並黑犢以還，惟劉裕及毅在後。毅次擲得雉，大喜，褰衣繞牀，叫謂同坐曰：『非不能盧，不事此耳！』裕惡之，因挼五木久之，曰：『老兄試爲卿答。』既而四子俱黑，其一子轉躍未定，裕厲聲喝之，即成盧焉。」又《何無忌傳》：「劉毅家無儋石之儲，樗蒱一擲百萬。」

〔錦瑟傍〕杜甫《曲江對雨》詩：「何時詔此金錢會，暫醉佳人錦瑟傍。」

〔尊前句〕韓偓《五更》詩：「光景旋消惆悵在，一生贏得是淒涼。」

【編年】

按葉衡知建康府，據《景定建康志》卷一《行宫留守題名》：「葉衡，淳熙元年正月以敷文閣學士安撫使兼行宫留守司公事。」又卷十四《建炎以來年表》：「淳熙元年正月二十六日，敷文閣學士左朝散大夫葉衡知府事，提舉學事，兼管内勸農營田使。二月召赴行在。」則其離成都任應于乾道九年。詞云「家住東吴近帝鄉」，又云「君歸爲報京華舊」，當是在成都送葉衡還京之作。

【輯評】

陳廷焯《詞則·放歌集》卷三：未嘗不軒爽，而氣魄苦不大，益歎稼軒天人不可及也。

烏夜啼　題漢嘉東堂

簷角楠陰轉日，樓前荔子吹花。鷓鴣聲裏霜天晚，疊鼓已催衙。　鄉夢時來枕上，京書不到天涯。邦人訟少文移省，閒院自煎茶。

【校】

各本皆無題，今據汲古閣《宋六十名家詞》毛斧季、陸敕先、黄子雲諸人手校本（藏北京圖書館善本書室）增。

【箋注】

〔漢嘉〕即嘉州，治今四川省樂山縣。

〔樓前句〕嘉州有荔枝樓。《詩稿》卷三有《荔枝樓小酌》、《登荔枝樓》、《再賦荔枝樓》諸詩。《老學庵筆記》卷四：「予參成都議幙，攝事漢嘉，一見荔子熟。」雍正《四川通志》卷二十七《直隸嘉定州》：「荔枝樓。」小注：「在州南，宋建。」

〔疊鼓已催衙〕張耒《縣齋》詩：「暗樹五更雞報曉，晚庭三疊鼓催衙。」

〔邦人訟少〕《詩稿》卷四《得成都諸友書勸少留嘉陽戲作》詩：「新涼爲醉地，少訟作慵媒。」

〔文移〕《後漢書》卷一《光武帝紀》：「於是置僚屬作文移。」李賢注：「《東觀記》曰：『文書移與屬縣也。』」

〔閒院自煎茶〕《詩稿》卷四《同何元立蔡肩吾至東丁院汲泉煮茶》詩：「一州佳處盡裴回，惟有東丁院未來。身是江南老桑苧，諸君小住共茶盃。」「雪芽近自峨嵋得，不減紅囊顧渚春。旋置風爐清樾下，它年奇事記三人。」

【編年】

乾道九年夏，務觀攝知嘉州事，此詞即題嘉州東堂作。

蝶戀花

水漾萍根風卷絮。倩笑嬌顰，忍記逢迎處。只有夢魂能再遇，堪嗟夢不由人做。夢若由人何處去？短帽輕衫，夜夜眉州路。不怕銀缸深繡户，只愁風斷青衣渡。

【校】

《中興以來絶妙詞選》卷二調下題作「懷别」。

【箋注】

〔眉州〕治今四川省眉山縣。

〔青衣渡〕青衣江，在四川省中部，流經眉州。

【編年】

《詩稿》卷四〈玻瓈江〉詩：「玻瓈江水千尺深，不如江上離人心。君行未過青衣縣，妾心先到峨嵋陰。金罇共釂不知曉，月落煙渚天横參。車輪無角那得住，馬蹄不方何處尋？空憑尺素寄幽恨，縱有緑綺誰知音？

愁來只欲掩屏睡，無奈夢斷聞疎碪。」自注：「眉州共飲亭，蓋取東坡『共飲玻瓈江』之句。追懷舊遊，戲作以補西州樂府。」按此詞亦追懷眉州舊遊之作，似與《玻瓈江》詩同作于乾道九年。淳熙元年冬，務觀攝知榮州事，再過眉州。《詩稿》卷六《眉州郡燕大醉中間道馳出城宿石佛院》詩：「單車萬里信有數，二年三過寧忘情？」後淳熙四年，范成大還朝，務觀送行，復至眉州。《詩稿》卷八《眉州作》詩自注：「予不至眉山三年矣。」

【輯評】

曹學佺《蜀中廣記》卷一百三：放翁離小益作《蝶戀花》云：水漾萍根風卷絮。倩笑嬌顰，忍記逢迎處。只有夢魂能再遇，堪嗟夢不由人做。　夢若由人何處去。短帽輕衫，夜夜眉州路。不怕銀缸深繡户，只愁風斷青衣渡。此首與《渭南集》校對，絶不同。大抵務觀在蜀有所感，屢見之詠。

卓人月、徐士俊《古今詞統》卷九：廉叔度歌以「做」、「暮」同叶，則此二詞用韻亦未爲雜。

沈雄《古今詞話·詞品》下卷：山谷謂好詞惟取陡健圓轉。屯田意過久許，筆猶未休。待制滔滔漭漭，不能盡變。如趙德麟云：「新酒又添殘酒病，今春不減前春恨。」陸放翁云：「只有夢魂能再遇，堪嗟夢不由人做。」又黄山谷云：「春未透，花枝瘦，正是愁時候。」梁貢父云：「一醉留春，留春不住，醉裏春歸。」此則陡健圓轉之榜樣也。

蘇武慢　唐安西湖

澹靄空濛，輕陰清潤，綺陌細塵初静。平橋繫馬，畫閣移舟，湖水倒空如鏡。掠岸飛花，傍簷新燕，都似學人無定。歎連年戎帳，經春邊壘，暗凋顏鬢。空記憶、杜曲池臺，新豐歌管，怎得故人音信？羈懷易感，老伴無多，談麈久閒犀柄。唯有翛然，筆牀茶竈，自適筍輿煙艇。待緑荷遮岸，紅蕖浮水，更乘幽興。

【校】

四部叢刊本調下無題，汲古閣本誤作「唐西安湖」。

【箋注】

〔唐安〕治今四川省崇慶縣。

〔西湖〕《蜀中名勝記》卷七：「《紀勝》云：『西湖在郡圃，蓋皁江之水，皆導城中，環守之居，因瀦其餘以爲湖也。』范成大《吴船録》云：『蜀州郡圃内西湖極廣袤，荷花正盛，覓湖船泛之，繫纜修竹古木間，景物甚野，游宴繁盛，爲西州勝處。』」

〔杜曲〕在今陝西省長安縣南。唐時貴家園亭，侯王別墅，多在于此。

〔新豐〕在今陝西省臨潼縣東。唐鄭處誨《明皇雜録・補遺》：「新豐市有女伶曰謝阿蠻，善舞《淩波曲》，常入宮中。」

〔談麈〕六朝人清談，必用麈尾。因于談玄用之，故稱談麈。

〔筆牀茶竈〕陸龜蒙《甫里先生傳》：「時乘小舟，設篷席，賫一束書、茶竈、筆牀、釣具、櫂船郎而已。」《詩稿》卷六十二《流年》詩：「筆牀茶竈猶自隨。」又卷七十六《閑遊》詩：「平生長物掃除盡，猶帶筆牀茶竈來。」

〔筍輿〕《公羊傳·文公十五年》：「筍將而來。」注：「筍，竹輿也。」

〔煙艇〕紹興三十一年八月，務觀名所寓屋爲「煙艇」，爲作《煙艇記》，見《文集》卷十七。記云：「予少而多病，自計不能效尺寸之用於斯世，蓋嘗慨然有江湖之思，而飢寒妻子之累劫而留之，則寄其趣於煙波洲島蒼茫杳靄之間，未嘗一日忘也。使加數年，男勝鉏犁，女任紡績，衣食粗足，然後得一葉之舟，伐荻釣魚，而賣芰芡，入松陵，上嚴瀨，歷石門沃洲而還，泊於玉笥之下，醉則散髮扣舷，爲吴歌，顧不樂哉！」

【編年】

淳熙元年春，務觀離嘉州，權通判蜀州（即唐安）。詞乃春日于蜀州作。

【輯評】

俞陛雲《唐五代兩宋詞選釋》：首六句寫臨水風物，清麗如繪。「飛花」、「新燕」三句寓情于景，詠物而人在其中，頓有情致。「戎帳」句蓋時正參成都戎幕也。此下因傷老而及懷友，人生知己，能有幾人？當中年以後，世事變遷，故交零落，欲依依話舊，而素心人遠，放翁深有此感。「柄」字韻語尤雋婉。以後六句惟有自適其樂，以遺有涯之生耳。其中「杜曲」、「新豐」句懷人而兼戀闕，寄慨尤深。

木蘭花慢　夜登青城山玉華樓

閲邯鄲夢境，歎緑鬢、早霜侵。奈華嶽燒丹，青谿看鶴，尚負初心。年來向濁世裏，悟真星壇夜學步虛吟，露冷透瑤簪。詮祕訣絶幽深。養就金芝九畹，種成琪樹千林。對翠鳳披雲，青鸞遡月，宮闕蕭森。琅函一封奏罷，自鈞天帝所有知音。却過蓬壺嘯傲，世間歲月駸駸。

【校】

四部叢刊本調下無題。

〔過蓬壺〕汲古閣本「過」誤作「遇」。

〔嘯傲〕明曹學佺《蜀中名勝記》卷六引作「笑傲」。

【箋注】

〔青城山〕《蜀中名勝記》卷六：「《名山記》曰：『益州西南青城山，一名青城都。山形似城，其上有崖舍赤壁，張天師所治處。南連峨眉。亦有洞天，諸靈書所藏，不知當是第幾洞天也。』」《老學庵筆記》卷四：「天下名山，惟華山、茅山、青城山無僧寺。」

〔玉華樓〕《詩稿》卷十八《縱筆》（第一）詩自注：「玉華樓在青城山丈人觀。」宋范成大《吴船録》卷上：「真君殿前有大樓，曰玉華，翬飛輪奂，極土木之勝。」

〔邯鄲夢境〕唐盧生于邯鄲道中邸舍遇道士吕翁，翁探囊中枕以授之，曰：「子枕吾枕，當令子榮適如志。」生就枕入夢。夢中五十餘年，建功樹名，出將入相，族昌家肥，崇盛赫奕。當其欠伸而寤，身仍偃于邸舍，吕翁坐其傍，主人蒸黍未熟。詳見唐沈既濟《枕中記》。

〔華嶽〕西嶽華山，在今陝西省華陰縣南。

〔青谿〕《文選》郭璞《游仙詩（第二）》：「青谿千餘仞，中有一道士。雲生梁棟間，風出窗户裏。借問此何誰？云是鬼谷子。」李善注引庾仲雍《荆州記》曰：「臨沮縣有青溪山，山東有泉，泉側有道士精舍。」

〔真詮〕猶云真解、真理。唐盧藏用《衡岳高僧序》：「年代攸邈，故老或遺，真詮緬微，後生何述。」

〔祕訣〕《南史》卷七十六《陶弘景傳》：「弘景既得神符祕訣，以爲神丹可成。」《老學庵筆記》卷一：「青城山上官道人，北人也，巢居食松麨，年九十矣。人有謁之者，但粲然一笑耳。有所請問，則託言病瘖，一語不肯答。予嘗見之于丈人觀道院，忽自語養生曰：『爲國家致太平，與長生不死，皆非常人所能然。且當守國使不亂，以待奇才之出；衛生使不夭，以須異人之至。不亂不夭，皆不待異術，惟勤而已。』予大喜，從而叩之，則已復言瘖矣。」

〔金芝〕晉王嘉《拾遺記》卷十：「崑崙山第九層，山形漸小狹，下有芝田蕙圃，皆數百頃，羣仙種耨焉。」

〔九畹〕屈原《離騷》：「余既滋蘭之九畹兮。」王逸注：「十二畝曰畹。」

〔琪樹〕孫綽《遊天台山賦》：「建木滅景于千尋，琪樹璀璨而垂珠。」

〔步虛吟〕劉宋劉敬叔《異苑》卷五：「陳思王遊山，忽聞空裏誦經聲，清遠遒亮。解音者則而寫之，爲神仙聲。道士效之，作步虛聲也。」

〔鈞天句〕《吕氏春秋・有始》：「天有九野，……中央曰鈞天。」《史記》卷四十三《趙世家》：「趙簡子疾，五日不知人。……居二日半，簡子寤，語大夫曰：『我之帝所甚樂，與百神游於鈞天，廣樂九奏萬舞，不類三代之樂，其聲動人心。』」

〔蓬壺〕即蓬萊，見王嘉《拾遺記》。李白《秋夕書懷》詩：「始探蓬壺事，旋覺天地輕。」

〔鬖鬖〕《詩・小雅・四牡》：「載驟鬖鬖。」毛傳：「鬖鬖，驟貌。」

【編年】

《逸稿》卷上《紅梔子華賦》：「余讀五嶽之書，始知蜀之青城。歲癸巳之仲冬，天畀予以此行。」按《詩稿》卷三、卷四癸巳（乾道九年）年間詩無青城之作。淳熙元年冬，務觀攝知榮州事，自成都之榮州，取道青城。《詩稿》卷六有《將之榮州取道青城》、《丈人觀》、《題丈人觀道院壁》、《宿上清宫》、《自上清延慶歸過丈人觀少留》諸詩。《將之榮州取道青城》詩曰：「倚天山作海濤傾，看遍人間兩赤城。」自注：「青城山一名赤城，而天台之赤城乃予舊遊。」可知此行青城乃務觀初到。《紅梔子華賦》所云「癸巳」，蓋「甲午」之誤。詞乃淳熙元年冬初登青城山時所作。

驀山溪　遊三榮龍洞

窮山孤壘，臘盡春初破。寂寞掩空齋，好一箇、無聊底我。嘯臺龍岫，隨分有雲山，臨淺瀨，蔭長松，閒據胡牀坐。　三杯徑醉，不覺紗巾墮。畫角喚人歸，落梅村、籃輿夜過。城門漸近，幾點妓衣紅，官驛外，酒壚前，也有閒燈火。

【校】

四部叢刊本調下無題。

【箋注】

〔三榮〕即榮州，治今四川省榮縣。《蜀中名勝記》卷十一：「曰榮黎、曰榮隱、曰榮德，所謂三榮也。榮黎山，在州東十五里；榮隱山，在州西三十里；榮德山，在州東北四十二里，州以此得名。」

〔龍洞〕《詩稿》卷六《龍洞》詩自注：「在榮州東南一里許。」《蜀中名勝記》卷十一引《勝覽》云：「龍洞在州東南四里真如院，巖穴峭深；洞左石壁奇聳，巨柏老蒼。」

〔嘯臺〕《詩稿》卷六《別榮州》詩：「嘯臺載酒雲生屨。」自注：「嘯臺在富義門外一里，號孫登嘯臺。」《蜀中名勝記》卷十一引《勝覽》云：「（龍洞）洞右有石角立，舊經以爲孫登嘯臺。」按孫登，字公和，汲郡共人。《晉書》卷九十四有傳。又《晉書》卷四十九《阮籍傳》：「籍嘗於蘇門山遇孫登，與商略終古及栖神道氣之術，登皆不應，籍因長嘯而退。至半嶺，聞有聲若鸞鳳之音，響乎巖谷，乃登之嘯也。」

〔隨分〕隨處。見《詩詞曲語辭匯釋》卷四。

〔胡牀〕宋程大昌《演繁露》卷十二：「今之交牀，本自虜來，始名胡牀，桓伊下馬據胡牀取笛三弄是也。隋高祖意在忌胡，器物涉胡者咸令改之，乃改交牀。唐穆宗時又名繩牀。」

〔不覺紗巾墮〕《晉書》卷九十八《孟嘉傳》：「九月九日，（桓）温燕龍山，寮佐畢集。時佐吏並著戎服，有風至，吹嘉帽墮落，嘉不之覺。」

〔籃輿〕竹轎。

【編年】

淳熙元年冬，務觀攝知榮州事。詞云「臘盡春初破」，當是年歲暮遊龍洞時作。

【輯評】

卓人月、徐士俊《古今詞統》卷十一：亦取李易安句耶？　夏侯亶妓妾皆無被服，客至，隔簾奏樂，時呼簾爲「夏侯妓衣」。

沈雄《古今詞話·詞辨》下卷：（《驀山溪》）此調第四句作七字折腰句，而平仄或異。如張于湖「煖紅爐、笑翻灰燼」、「占前頭、一番花信」，宋謙父「辦竹几、蒲團茗椀」、「更薄酒、三杯兩盞」。前此第三字俱平，而後此第三字俱仄也。杜伯高「早緑徧、江南千樹」、「有佳人、天高日暮」，只一調之前仄而後平也。黄山谷、程書舟、陸放翁、易彥祥皆然，當不必拘此。

好事近　寄張真甫

羈雁未成歸，腸斷寶箏零落。那更凍醪無力，似故人情薄。　瘴雲蠻雨暗孤城，身在楚山角。煩問劍南消息，怕還成疏索。

【箋注】

〔張真甫〕《老學庵筆記》卷六：「張真甫舍人，廣漢人，爲成都帥，蓋本朝得蜀以來所未有也。真甫名震。」《詩稿》卷一有《寄張真甫舍人》詩二首。陳騤《南宋館閣録》卷七：「張震，字真甫，緜竹人，趙逵榜進士及第，治《周禮》。（紹興）三十一年十月除（著作佐郎），三十二年四月爲殿中侍御史。」按明周復俊《全蜀藝文志》卷十一録有張震《武侯祠》詩，卷三十六有《補夔州大晟樂記》，自署云：「隆興甲申十月甲子，廣漢張震記。」則張震實爲廣漢人。宋陳良祐《楊文安公椿墓誌銘》（宋杜大珪《名臣碑傳琬琰集》中卷三十三）：「（楊椿）除夔州路提點刑獄，主四川類試，爲文以諭進士，悉除去常所用禁令，内外肅然。揭榜，得名士趙逵、張震。」羅大經《鶴林玉露》丙編卷二：「隆興初，張真父自殿中侍御史除起居郎，孝宗玉音云：『張震知無不言，言皆當理。』令載之訓詞。大哉王言！真臺諫之金科玉條也。」

〔鬭雁二句〕温庭筠《贈彈箏人》詩：「鈿蟬金雁皆零落。」按箏柱斜列如雁行，故云。

〔劍南〕唐貞觀元年置劍南道，以在劍閣之南得名。玄宗以後治益州。此處即謂成都。

【編年】

詞有「瘴雲蠻雨暗孤城」句，案務觀榮南作《水龍吟》詞，亦云「瘴雲蠻雨」，疑此詞亦榮南所作。時張震在成都，故又云「煩問劍南消息」。茲暫列于此，以俟再考。

齊天樂　三榮人日遊龍洞作

客中隨處閑消悶，來尋嘯臺龍岫。路斂春泥，山開翠霧，行樂年年依舊。天工妙手，放輕綠萱芽，淡黄楊柳。笑問東君，爲人能染鬢絲否？　西州催去近也，帽簷風輭，且看市樓沽酒。宛轉巴歌，淒涼塞管，攜客何妨頻奏。征塵暗袖，漫禁得梅花，伴人疏瘦。幾日東歸，畫船平放溜。

【校】

四部叢刊本調下無題。汲古閣本題中無「遊龍洞」三字。

【箋注】

〔人日〕《北史》卷五十六《魏收傳》：「晉議郎董勛答問禮俗云：正月一日爲雞，二日爲狗，三日爲猪，四日爲羊，五日爲牛，六日爲馬，七日爲人。」

〔嘯臺龍岫〕見前《蓦山溪·遊三榮龍洞》「嘯臺」注。

〔東君〕謂春神。

〔西州句〕《詩稿》卷六《乙未元日》詩自注：「除夕，得制司檄，催赴官。」

【編年】

淳熙二年正月七日，在榮州遊龍洞作。

【輯評】

卓人月、徐士俊《古今詞統》卷十四：（「笑問」二句）惆悵激梟。

沁園春　三榮横谿閣小宴

粉破梅梢，緑動萱叢，春意已深。漸珠簾低卷，筇枝微步，冰開躍鯉，林暖鳴禽。荔子扶疎，竹枝哀怨，濁酒一尊和淚斟。憑欄久，歎山川冉冉，歲月駸駸。　當時豈料如今，漫一事無成霜鬢侵。看故人强半，沙堤黄閣，魚懸帶玉，貂映蟬金。許國雖堅，朝天無路，萬里淒涼誰寄音？　東風裏，有灞橋煙柳，知我歸心。

【校】

四部叢刊本調下無題。

【箋注】

〔横谿閣〕《蜀中名勝記》卷十一「（榮縣）城北，有横谿閣。務觀閣上小宴《沁園春》詞引云：『横谿閣者，跨於雙溪之上也。一自西來，其水濁；一自東來，其水清。二水合流于城下，爲閣以瞰之。』」按各本皆無此引。《輿地紀勝》卷一百六十：「雙溪，城之北三里所高城山下有雙溪。一從西來，其水濁；一從東來，其水清，會于此。」《詩稿》卷六有《晚登横溪閣》詩二首。

〔筇枝〕《老學庵筆記》卷三：「筇竹杖，蜀中無之，乃出徼外蠻峒。蠻人持至瀘敍間賣之，一枝纔四、五錢，以堅潤細瘦，九節而直者爲上品。」

〔竹枝哀怨〕劉禹錫《竹枝詞引》：「余來建平，里中兒聯歌竹枝，吹短笛，擊鼓以赴節，歌者揚袂睢舞，以曲多爲賢。聆其音，中黄鐘之羽，其卒章激訐如吴聲，雖傖儜不可分，而含思宛轉，有淇澳之豔。」何宇度《談資》：「竹枝歌悽惋悲怨，蘇長公云：『有楚人哀屈賈之遺聲焉。』」

〔濁酒一尊〕《詩稿》卷六《城上》（第二）詩自注：「榮州酒赤而勁甚。」

〔沙堤〕唐李肇《國史補》卷下：「凡拜相，禮絶班行，府縣載沙填路，自私第至于城東街，名曰沙隄。」白居易《新樂府·官牛》詩：「載向五門官道西，緑槐陰下鋪沙隄。」

〔黄閣〕漢衛宏《漢官舊儀》卷上：「丞相聽事閣曰黄閣。」

〔魚懸帶玉〕《宋史》卷一百五十三《輿服五》：「魚袋，其制自唐始，蓋以爲符契也。其始曰魚符，左一右一。左者進内，右者隨身，刻官姓名，出入合之。因盛以袋，故曰魚袋。宋因之，其制以金銀飾爲魚形，公服則繫于帶而垂于後。」又：「太宗太平興國七年正月，翰林學士承旨李昉等奏曰：『奉詔詳定車服制度，請從三品以上服玉帶，四品以上服金帶。』」韓愈《示兒》詩：「玉帶懸金魚。」

〔貂蟬金〕《宋史》卷一百五十二《輿服四》：「貂蟬冠，一名籠巾，織藤漆之。形正方，如平巾幘。飾以銀，前有銀花，上綴玳瑁蟬，左右爲三小蟬，銜玉鼻，左插貂尾。三公、親王侍祠大朝會，則加于進賢冠而服之。」

〔灞橋煙柳〕見前《秋波媚》（秋到邊城角聲哀）「灞橋煙柳」注。

【編年】

淳熙二年在榮州小宴橫谿閣時賦。

水龍吟　榮南作

樽前花底尋春處，堪歎心情全減。一身萍寄，酒徒雲散，佳人天遠。那更今年，瘴煙蠻雨，夜郎江畔。漫倚樓橫笛，臨窗看鏡，時揮涕，驚流轉。　花落月明庭院，悄無言、魂消腸斷。憑肩攜手，當時曾效，畫梁棲燕。見説新來，網縈塵暗，舞衫歌扇。料也羞憔悴，慵行芳徑，怕啼鶯見。

【箋注】

〔榮南〕即榮州。

〔夜郎江畔〕《太平御覽》卷一百六十六《榮州》下引《九州要記》曰：「和義郡，古夜郎之地。」按務觀在榮州所作詩，屢謂之夜郎。《詩稿》卷六《西樓夕望》詩：「夜郎城裏嘆途窮。」又《醉中懷眉山舊遊》詩：「我雖流落夜郎天。」又《昭德堂晚步》詩：「謫仙未必無遺恨，老欠題詩到夜郎。」又《高齋小飲戲作》詩：「白帝夜郎俱不惡，兩公補處得憑欄。」自注：「予五年間，自夔客榮。」

〔倚樓橫笛〕趙嘏《長安秋望》詩：「殘星幾點雁橫塞，長笛一聲人倚樓。」

〔鶯流轉〕杜甫《寄張十二山人》詩：「流轉依邊徼。」

〔畫梁栖燕〕沈佺期《古意》詩：「盧家少婦鬱金堂，海燕雙棲玳瑁梁。」

〔綱縈二句〕蘇軾《答陳述古二首》（第二）詩：「聞道使君歸去後，舞衫歌扇總生塵。」

【編年】

淳熙二年春在榮州作。

【輯評】

俞陛雲《唐五代兩宋詞選釋》：上闋「酒徒雲散」三句以三層意疊用之，便覺氣厚而情深。亦有於三句用側筆，以見迂回之致者，皆詞家之法也。若絮非春盡，天遠書沉，日長人倦，則三句寫六層意，更爲精粹。放翁詩集中有「酒徒雲散無消息，水榭憑闌淚數行」句，即此上闋之意。其後「憑肩攜手」二句承上之「佳人天遠」而言。芳塵凝榭，深鎖畫樓，觀「棲燕」、「啼鶯」句，殆恐舊日啼鶯，曾見其梁燕雙棲，今芳徑重來，燕雙而人獨也。

桃源憶故人 并序

三榮郡治之西，因子城作樓觀，曰高齋。下臨山村，蕭然如世外。予留七十日，被命參成都戎幕而去，臨行徙倚竟日，作《桃源憶故人》一首。

斜陽寂歷柴門閉，一點炊煙時起。雞犬往來林外，俱有蕭然意。　衰翁老去疏榮利，絶愛山城無事。臨去畫樓頻倚，何日重來此？

【校】

〔桃源〕汲古閣本作「桃園」。

〔一首〕汲古閣本無此二字。

【箋注】

〔子城〕内城，小城。

〔高齋〕《詩稿》卷六有《高齋小飲戲作》詩。

〔被命句〕《詩稿》卷六《乙未元日》詩自注：「除夕，得制司檄，催赴官。」

〔斜陽四句〕《詩稿》卷六《登城望西崦》詩：「登城望西崦，數家斜照中。柴荆晝亦閉，乃有太古風。慘淡起炊煙，寂歷下釣筒。土瘦麥苗短，霜重桑枝空。恐是種桃人，或有采芝翁。何當宿樓上，月明照夜春。」

〔衰翁二句〕《詩稿》卷六《別榮州》詩：「浮生歲歲俱如夢，一枕輕安亦可人。偶落山城無事處，暫還老子自由身。嘯臺載酒雲生屨，仙穴尋梅雨墊巾。便恐清遊從此少，錦城車馬漲紅塵。」

【編年】

淳熙元年除夕，務觀得制司檄，催赴成都幕府。淳熙二年正月十日，別榮州。臨行作此詞。

又　應靈道中

欄干幾曲高齋路，正在重雲深處。丹碧未乾人去，高棟空留句。

離離芳草長亭暮，無奈征車不住。惟有斷鴻煙渚，知我頻回顧。

【校】

四部叢刊本調下無題。

【箋注】

〔應靈〕榮州屬縣，故治在今四川省榮縣西南一百五十里。

〔高齋〕見前首序。

〔高棟空留句〕即謂上《桃源憶故人》詞。

【編年】

此詞乃别榮州後，經應靈道時所作，故有「欄干幾曲高齋路，正在重雲深處」之句。

漁家傲 寄仲高

東望山陰何處是？往來一萬三千里。寫得家書空滿紙。流清淚，書回已是明年事。

寄語紅橋橋下水，扁舟何日尋兄弟？行徧天涯真老矣。愁無寐，鬢絲幾縷茶煙裏。

【校】

四部叢刊本調下無題。

【箋注】

〔仲高〕《文集》卷十七《復齋記》：「仲高于某爲從祖兄，某蓋少仲高十有二歲。」又卷二十九《跋范元卿舍人書陳公實長短句後》：「紹興庚申、辛酉間，予年十六七，與公實游。時予從兄伯山、仲高、葉晦叔、范元卿皆同場屋。六人者，蓋莫逆也。」宋王明清《玉照新志》：「陸升之，字仲高，山陰人。詞翰俱妙。」據《紹興十八年同年小録》，陸升之爲紹興十八年王佐榜進士第四甲第九人。

〔山陰〕今浙江省紹興縣。

〔紅橋〕《詩稿》卷八十四《反遠遊》詩：「行歌西郊紅橋路，爛醉東關白塔秋。」自注：「皆山陰近郊地名。」《嘉泰會稽志》卷十一：「虹橋，在縣西七里迎恩門外。」

〔鬢絲句〕杜牧《題禪院》：「觥船一棹百分空，十歲青春不負公。今日鬢絲禪榻畔，茶煙輕颺落花風。」

【編年】

《詩稿》卷三有《仙魚鋪得仲高兄書》詩：「病酒今朝載卧輿，秋雲漠漠雨疎疎。閬州城北仙魚鋪，忽得山陰萬里書。」時爲乾道八年。卷六有《聞仲高從兄訃》詩，爲淳熙二年。據此可知此詞必于淳熙二年前在蜀所作。

【輯評】

陳廷焯《詞則·放歌集》卷二：軒豁是放翁本色。

南歌子　送周機宜之益昌

異縣相逢晚，中年作别難。暮秋風雨客衣寒，又向朝天門外話悲歡。　瘦馬行霜棧，輕舟下雪灘。烏奴山下一林丹，爲説三年常寄夢魂間。

【校】

四部叢刊本調下無題。汲古閣《宋六十名家詞》毛斧季、陸敕先、黄子雲諸人手校本于題下增「益昌今利州，烏奴山在利州綿谷縣」二句。

【箋注】

〔周機宜〕未詳。機宜，當指地方帥臣所辟之主管機宜文字或書寫機宜文字等職。

〔益昌〕治今四川省廣元縣。

〔中年句〕《世説新語·言語》：「謝太傅語王右軍曰：『中年傷于哀樂，與親友別，輒作數日惡。』」

〔朝天門〕成都城北門。《詩稿》卷七《出朝天門繚長堤至劉侍郎廟由小西門歸》詩：「曉從北郭過西城，十里沙堤似席平。」

〔霜棧〕即棧道，于山路險巇處，架木以通行路。《蜀中名勝記》卷二十四：「（廣元縣）北爲棧閣道。」《松陵集》卷六載皮日休《奉和次韻》詩：「院寒青靄正沈沈，霜棧乾鳴入古林。」

〔烏奴山〕《蜀中名勝記》卷二十四：「《志》云：『烏奴山，一名烏龍山，在廣元西二里嘉陵江岸。峭壁如削，在洞不可上，昔李烏奴於此修寺，因名。』」《詩稿》卷三《赴成都泛舟自三泉至益昌謀以明年下三峽》詩：「暮雪烏奴停醉帽，秋風白帝送歸船。」

【編年】

乾道八年十一月二日，務觀自興元適成都。此詞云：「烏奴山下一林丹，爲説三年常記夢魂間。」可知是乾道八年後三年，即淳熙二年秋在成都作。

雙頭蓮　呈范至能待制

華鬢星星，驚壯志成虚，此身如寄。蕭條病驥，向暗裏消盡，當年豪氣。夢斷故國山川，隔重重煙水。身萬里，舊社凋零，青門俊遊誰記？　盡道錦里繁華，歎官閒晝永，柴荆添睡。清愁自醉，念此際付與，何人心事。縱有楚柁吴檣，知何時東逝？空悵望，鱠美菰香，秋風又起。

【校】

四部叢刊本調下無題。

【箋注】

〔范至能〕《宋史》卷三百八十六《范成大傳》略曰：「范成大，字致能，吴郡人。紹興二十四年擢進士第。隆興再講和，失定受書之禮，上嘗悔之，遷成大起居郎，假資政殿大學士，充金祈請國信使。歸除中書舍人。知静江府。除敷文閣待制、四川制置使。除權吏部尚書，拜參知政事。紹熙四年薨。成大素有文名，尤工於詩。自號石湖。有《石湖集》、《攬轡録》、《桂海虞衡志》行於世。」《宋史》陸游本傳：「范成大帥蜀，游爲參議官，以文字交，不拘禮法。」宋黄昇《中興以來絶妙詞選》卷二引劉漫塘曰：「范至能、陸務觀，以東南文墨之彦，至能爲蜀帥，務觀在幕府，主賓唱酬，短章大篇，人争傳誦之。」

〔蕭條病驥〕《詩稿》卷七《和范待制秋興》（第二）詩：「身如病驥惟思卧，誰許能空萬馬羣？」又《和范待制秋日書懷二首游自七月病起蔬食止酒故詩中及之》（第二）詩：「老病已全惟欠死，貪嗔雖斷尚餘癡。」皆淳熙三年秋日作。

〔舊社二句〕按紹興三十二年九月，務觀除樞密院編修官，兼編類聖政所檢討官，與范成大、周必大、凌景夏等均同官。《文集》卷四十三《入蜀記》：「奉使金國起居郎范至能至（金）山，遣人相招食于玉鑑堂。至能名成大，聖政所同官，相别八年。今借資政殿大學士提舉萬壽觀侍讀，爲金國祈請使云。」自金山會後，至淳熙二年成大來蜀，二人相别又五年矣。

〔錦里〕即成都。《華陽國志》卷三：「錦江，織錦濯其中，則鮮明，他江則不好，故命曰錦里也。」

〔楚柁吴檣〕杜甫《秋風二首》（第一）詩：「吴檣楚柁牽百丈，暖向成都寒未還。」

〔膾美二句〕《晉書》卷九十二《張翰傳》：「翰因見秋風起，乃思吴中菰菜蓴羹、鱸魚膾，曰：『人生貴得適志，何能羈宦數千里，以要名爵乎？』遂命駕而歸，著《首丘賦》。」《詩稿》卷七《和范待制月夜有感》詩：「醉思蓴菜黏篙滑，饞憶鱸魚墜釣肥。誰遣貴人同此感，夜來風月夢苔磯。」又《和范待制秋日書懷二首游自七月病起蔬食止酒故詩中及之》（第一）詩：「欲與衆生共安隱，秋來夢不到鱸鄉。」自注：「陳文惠公《松江》

詩：『西風斜日鱸魚鄉。』傳本或誤作香字，張文潛嘗辨之。」《老學庵筆記》卷五：「范至能在成都，嘗求亭名于予。予曰思鱸，至能大以爲佳。時方作墨，即以銘墨背。然不果築亭也。」

【編年】

淳熙二年六月，范成大知成都府。四年六月，成大還朝。務觀送行，自成都歷永康、唐安至眉州而別。此詞似是淳熙三年秋作。《詩稿》卷七有《和范待制月夜有感》、《和范待制秋興》、《和范待制秋日書懷二首》諸詩，皆是年作，與此詞情辭亦同，可資互證。

【輯評】

王奕清《歷代詞話》卷七引《詞統》：放翁呈范至能待制《雙頭蓮》，末句云：「空悵望，鱠美菰香，秋風又起。」又夜聞杜鵑《鵲橋仙》末句云：「故山猶自不堪聽，況半世，飄然羈旅。」去國懷鄉之感，觸緒紛來，讀之令人於邑。

焦循《雕菰樓詞話》：毛大可稱詞本無韻，是也。偶檢唐、宋人詞，如……陸游《雙頭蓮》用寄驥（寘）氣（未）水里（紙）逝（霽）。……按唐人應試用官韻，其非應試，如韓昌黎贈張籍詩，以城堂江庭童窮一韻，則庚青江陽東通協，不拘拘如律詩也。至於詞，更寬可知矣。

烏夜啼

我校丹臺玉字，君書蕊殿雲篇。錦官城裏重相遇，心事兩依然。　攜酒何妨處處，尋梅共約年年。細思上界多官府，且作地行仙。

【箋注】

〔丹臺〕《列仙傳》：「紫陽真人周季道遇羨門子，乞長生訣。羨門子曰：『名在丹臺石室中，何憂不仙？』」

〔玉字〕宋張君房《雲笈七籤》卷七引《内音玉字經》：「天真皇人曰：『諸天内音，自然玉字。』」

〔蕊殿〕蕊珠殿。《黄庭内景經·上清章第一》：「上清紫霞虛皇前，太上大道玉晨君，閑居蕊珠作七言。」注：「蕊珠，上清境宫闕名也。」

〔雲篇〕《雲笈七籤》卷七《雲篆》：「又有雲篆明光之章，爲順形梵書，文别爲六十四種，播于三十六天。今經書相傳，皆以隸字解天書，相雜而行也。」

〔錦官城〕明何宇度《益部談資》卷中：「成都，一名錦城，一名錦官城。」

〔上界多官府〕韓愈《酬盧給事曲江荷花行見寄》詩：「上界真人足官府，豈如散仙鞭笞鸞鳳終日相追陪。」

〔地行仙〕《楞嚴經》：「衆生堅固，服餌草木，藥道圓成，名地行仙。」唐顧況《五源訣》：「番陽仙人王遥琴子高言：『下界功滿方超上界，上界多官府，不如地仙快活。』」

【編年】

《詩稿》卷七淳熙三年有《與青城道人飲酒作》、《待青城道人不至》二詩。此詞乃贈道冠作，似即贈此青城道人。詞云「錦官城裏重相遇」，蓋務觀于淳熙元年訪青城山丈人觀時相識者也。

【輯評】

卓人月、徐士俊《古今詞統》卷六：白石先生年二千歲，不肯修升天之道，但取不死而已。人問之，答曰：「天上多至尊相，奉事更苦於人間。」時人呼爲「隱遁仙人」。

夜遊宮　記夢寄師伯渾

雪曉清笳亂起，夢遊處、不知何地。鐵騎無聲望似水。想關河，雁門西，青海際。睡覺寒燈裏。漏聲斷、月斜窗紙。自許封侯在萬里。有誰知，鬢雖殘，心未死！

【校】

四部叢刊本調下無題，《中興以來絶妙詞選》調下題作「記夢」。

【箋注】

〔師伯渾〕《老學庵筆記》卷三：「師渾甫，本名某，字渾甫。既拔解，志高退，不赴省試；其弟乃冒其名以行，不以告渾甫也。俄遂登第。渾甫因以字爲名而字伯渾。」《文集》卷十四《師伯渾文集序》：「乾道癸巳，予自成都適犍爲，識隱士師伯渾于眉山。一見，知其天下偉人。予既行，伯渾餞予於青衣江上。後四年，伯渾得疾不起。伯渾自少時名震秦蜀，東被吳楚，一時高流皆尊慕之，願與交。方宣撫使臨邊，圖復中原，制置使并護梁益兵民，皆巨公大人，聞伯渾名，將聞于朝，而卒爲忌者所沮。」《詩稿》卷三十八《感舊》（第二）詩：「君不見蜀師渾甫字伯渾，半生高卧蓋頤村。」自注：「范至能帥成都，欲以遺逸起之。幕客有沮之者，遂不果。」宋晁公遡《嵩山集》有《師伯渾自通義來且出詩一軸爲之喜甚奉簡短作》、《師伯渾自所居東山來賦詩相示用韻酬之》等唱和之作多首。史堯弼《蓮峰集》卷二有《師伯渾至青神約訪而潛歸以詩相別因戲之》詩。

〔雁門〕雁門關，在山西省代縣西北。

〔青海〕青海湖，在青海省東部。

〔自許句〕《後漢書》卷四十七《班超傳》：「（超）家貧，常爲官傭書以供養，久勞苦。嘗輟業投筆嘆曰：『大丈夫無它志略，猶當效傅介子、張騫立功異域，以取封侯，安能久事筆研間乎？』左右皆笑之。超曰：『小子安知壯士志哉？』其後行詣相者，曰：『祭酒，布衣諸生耳，而當封侯萬里之外。』超問其狀，相者指曰：『生燕頷虎頸，飛而食肉，此萬里侯相也。』」

【編年】

乾道九年夏，務觀攝知嘉州事，路經眉州，始識師渾甫。淳熙元年春，務觀離嘉州，渾甫餞之青衣江上。後四年，渾甫卒。詞當淳熙元年二人別後四年間之作。

好事近　次宇文卷臣韻

客路苦思歸，愁似繭絲千緒。夢裏鏡湖煙雨，看山無重數。　尊前消盡少年狂，慵著送春語。花落燕飛庭户，歎年光如許。

【校】

〔卷臣〕汲古閣本、四部叢刊本皆誤作「卷目」。

【箋注】

〔宇文卷臣〕宇文紹奕，字卷臣，一作衮臣，廣都人。以承議郎通判劍州。民間乏食，親行山谷，隨時措置。守臨邛、廣漢，皆有能名。以謗被黜（參閲《宋會要稿》一百零一册《職官》淳熙六年七月部份）。清葉調生《吹網録》卷六載有胡心耘所輯《宇文紹奕事實》。《詩稿》卷七有《次韻使君吏部見贈時欲遊鶴山以雨止》、《山中小雨得宇文使君簡問嘗見張仙翁乎戲作一絶》、《次韻宇文使君山行》諸詩。卷四十三有《宇文衮臣吏部予在蜀日與之遊至厚契闊死生二十年矣庚申三月忽夢相從如平生愴然有賦》詩。

〔鏡湖〕在今浙江省紹興縣南。《詩稿》卷八《夜登小南門城上》詩自注：「予故山在鏡湖之南。」

【編年】

淳熙四年八月，務觀遊邛州，作十日之留，時知州爲宇文紹奕。五年春，葉聲叔來守臨邛，代紹奕（《詩稿》卷九詩題《予年十六始識葉晦叔於西湖上後二十七年晦叔之弟聲叔來爲臨邛守相遇於成都……》）。此詞或紹奕去任後至成都，春暮兩人相會時作。是時務觀將東歸，故詞有「客路苦思歸」之語。

朝中措　代譚德稱作

怕歌愁舞懶逢迎，粧晚託春酲。總是向人深處，當時枉道無情。　關心近日，啼紅密訴，剪緑深盟。杏館花陰恨淺，畫堂銀燭嫌明。

【校】

四部叢刊本調下無題。

【箋注】

〔譚德稱〕名季壬，西蜀名士。《文集》卷三十《青陽夫人墓誌銘》：「季壬解褐，爲崇慶府府學教授，凡四年，徙成都府。」《詩稿》卷十一《懷譚德稱》詩：「譚子文章舊有聲，幾年同客錦官城。江樓列炬千鍾飲，花市聯鞍一字行。」又卷三有《和譚德稱送牡丹》詩，卷六有《臨別成都悵飲萬里橋贈譚德稱》詩、《喜譚德稱歸》

詩，卷九有《簡譚德稱》詩，皆成都作。張鎡《南湖集》卷三有《楊祕監爲余言初不識譚德稱國正因陸務觀書方知爲西蜀名士繼得祕監與國正唱和詩因次韻呈教》詩。楊萬里《誠齋集》卷二十三《謝譚德稱國正惠詩》云：「春半何曾有春意。」知此詩作於淳熙十五年（一一八八）春，時楊萬里任祕書少監，譚德稱爲國子正。《劍南詩稿》卷二十有《簡譚德稱監丞》詩，爲陸游於淳熙十五年冬被召任軍器少監時所作，則譚本年冬已遷丞。又《詩稿》卷三十一有《正月十一日夜夢與亡友譚德稱相遇於成都小東門外既覺慨然有作》詩，作於慶元元年（一一九五），則譚德稱當卒於淳熙十六年（一一八九）至紹熙五年（一一九四）之間。

〔向人〕《詩詞曲語辭匯釋》卷三：「向，猶愛也。向人，愛人也，意則云愛我也。」

【編年】

在成都作。案以下數詞皆成都作，作年莫考，暫列于此。

【輯評】

卓人月、徐士俊《古今詞統》卷六：未許沙吒利、党太尉輩領略。

周濟《詞辨》卷二：放翁濃纖得中，精粹不少。南宋善學少游者惟陸。（「總是」二句）彌拙彌秀。

俞陛雲《唐五代兩宋詞選釋》：一片淒怨之意，寫景在迷離之際，含思在幽渺之中，復以妍辭出之。楊升庵謂其「纖麗處似淮海」，殆謂《采桑子》及此調也。

漢宮春　張園賞海棠作園故蜀燕王宮也

浪迹人間，喜聞猿楚峽，學劍秦川。虚舟汎然不繫，萬里江天。朱顔緑鬢，作紅塵、無事神仙。何妨在、鶯花海裏，行歌閒送流年。　休笑放慵狂眼，看閒坊深院，多少嬋娟。燕宫海棠夜宴，花覆金船。如椽畫燭，酒闌時、百炬吹煙。憑寄語、京華舊侶，幅巾莫换貂蟬。

【校】

四部叢刊本調下無題。

【箋注】

〔張園〕《詩稿》卷十三《忽忽》詩：「列炬燕宫夜。」自注：「成都故蜀時燕王宫，今屬張氏，海棠爲一城之冠。」又卷三《驛舍見故屏風畫海棠有感》詩：「成都二月海棠開，錦繡裹城迷巷陌。燕宫最盛號花海，霸國雄豪有遺迹。猩紅鸚緑極天巧，叠萼重跗眩朝日。」又卷六《花時遍遊諸家園》（第三）詩：「翩翩馬上帽簷斜，盡日尋春不到家。偏愛張園好風景，半天高柳卧溪花。」又卷八《張園海棠》詩：「西來始見海棠盛，成都第一燕王宫。」又卷九有《張園觀海棠》詩。又卷十四《琵琶》詩：「繡筵銀燭燕宫夜，一飲千鍾未是豪。」自

注：「故蜀燕王宮，今爲張氏海棠園。」

〔海棠〕宋宋祁《益部方物略記》：「蜀之海棠，誠爲天下奇豔。」沈立《海棠記序》：「蜀花稱美者有海棠焉。……足與牡丹抗衡，稱獨步于西州矣。」《詩稿》卷四《成都行》詩：「成都海棠十萬株，繁華盛麗天下無。」又卷六《花時遍遊諸家園》（第一）詩：「看花南陌又東阡，曉露初乾日正妍。走馬碧雞坊裏去，市人唤作海棠顛。」又（第二）：「爲愛名花抵死狂，只愁風日損紅芳。緑章夜奏通明殿，乞借春陰護海棠。」又卷八有《海棠》詩，卷九有《夜宴賞海棠醉書》、《二十六日賞海棠》諸詩，皆在成都時作。又卷十一《病中久止酒有懷成都海棠之盛》詩：「碧雞坊裏海棠時，彌月兼旬醉不知。」

〔聞猿楚峽〕《水經注》卷三十四《江水注》：「自三峽七百里中……每至晴初霜旦，林寒澗肅，常有高猿長嘯，屬引淒異，空谷傳響，哀轉久絶，故漁歌曰：『巴東三峽巫峽長，猿鳴三聲淚沾裳！』」

〔秦川〕泛指秦地，即今陝西省中部地區，春秋戰國時秦建國于此。「學劍秦川」指務觀曾參南鄭軍幕。

〔虚舟句〕《莊子·列禦寇》：「無能者無所求，飽食而敖遊，汎若不繫之舟，虚而敖遊者也。」《詩稿》卷三十一《泛舟湖山間有感》詩：「我似人間不繫舟，好風好月亦閒遊。」

〔金船〕《海録碎事》：「金船，酒器中大者。」庾信《北園新齋成應趙王教》詩：「玉節調笙管，金船代酒卮。」

〔如椽畫燭〕《詩稿》卷六《花時遍遊諸家園》（第六）詩：「枝上猩猩血未晞，尊前紅袖醉成圍。應須直到三更看，畫燭如椽爲發輝。」

〔幅巾〕《後漢書》卷二十九《鮑永傳》唐李賢注：「幅巾，謂不著冠，但幅巾束首也。」《詩稿》卷十四《晨起南窗晴日可愛戲作一絶》詩：「蕭散山林一幅巾，天公乞與自由身。」

〔貂蟬〕《後漢書》志第三十《輿服下》：「武冠，一曰武弁大冠，諸武官冠之。侍中、中常侍加黄金璫，附蟬爲文，貂尾爲飾，謂之趙惠文冠。」

【編年】

淳熙二年至五年間在成都作。

柳梢青 故蜀燕王宫海棠之盛爲成都第一今屬張氏

錦里繁華，環宫故邸，疊萼奇花。俊客妖姬，争飛金勒，齊駐香車。　何須幙障幃遮，寶杯浸、紅雲瑞霞。銀燭光中，清歌聲裏，休恨天涯。

【校】

四部叢刊本調下無題。

【箋注】

〔環宫〕即燕宫。

〔香車〕《老學庵筆記》卷二：「成都諸名族婦女，出入皆乘犢車。惟城北郭氏車最鮮華，爲一城之冠，謂之郭家車子。」又卷一：「京師承平時，宗室戚里歲時入禁中，婦女上犢車，皆用二小鬟持香毬在旁，而袖中又自持兩小香毬。車馳過，香煙如雲，數里不絶，塵土皆香。」

【編年】

淳熙二年至五年間在成都作。

月上海棠　成都城南有蜀王舊苑尤多梅皆二百餘年古木

斜陽廢苑朱門閉，弔興亡遺恨淚痕裹。淡淡宫梅，也依然點酥剪水。凝愁處，似憶宣華舊事。　行人别有淒涼意，折幽香誰與寄千里。佇立江皋，杳難逢隴頭歸騎。音塵遠，楚天危樓獨倚。宣華故蜀苑名。

【校】

四部叢刊本、汲古閣本題中舊苑下無「尤」字。

【箋注】

〔題〕《詩稿》卷九有《故蜀别苑在成都西南十五六里梅至多有兩大樹夭矯若龍相傳謂之梅龍予初至蜀嘗爲作詩自此歲常訪之今復賦一首丁酉十一月也》、《芳華樓賞梅》、《蜀苑賞梅》、《大醉梅花下走筆賦此》（自

注：梅龍，蓋蜀苑中故物也。）諸詩，又卷十《梅花絶句》（第五）詩：「蜀王小苑舊池臺，江北江南萬樹梅。」自注：「成都合江園，蓋故蜀別苑，梅最盛。自初開，監官日報府。報至五分開，則府主來宴，遊人亦競集。」宋曾敏行《獨醒雜志》卷六：「李布夢祥言：成都合江園，乃孟蜀故苑，在成都西南十五、六里外，芳華樓前後植梅極多。故事：臘月賞燕其中，管界巡檢營其側，花時日以報府，至開及五分，府坐領監司來燕，遊人亦競集。有兩大樹夭矯若龍，相傳謂之梅龍。」

〔點酥〕蘇軾《臘梅一首贈趙景貺》詩：「天公點酥作梅花。」

〔宣華〕宋張唐英《蜀檮杌》卷上：「（乾德三年）五月，宣華苑成，延袤十里。有重光、太清、延昌、會真之殿，清和、迎仙之宫，降真、蓬萊、丹霞之亭。土木之功，窮極奢巧。衍數于其中爲長夜之飲，嬪御雜坐，舄履交錯。」

〔折幽香句〕《太平御覽》卷十九引《荆州記》：「陸凱與路曄爲友，在江南寄梅花一枝，詣長安與曄，并贈詩云：『折花奉秦使，寄與隴頭人。江南無所有，聊寄一枝春。』」

【編年】

在成都作。

【輯評】

俞陛雲《唐五代兩宋詞選釋》：詞爲成都蜀王舊苑而作。中有古梅二百餘本，不言過客之憑弔興亡，而凝愁憶舊，託諸宫梅，詞境便覺靈秀。下闋因梅花而憶遠人，與本題懷古，全不相屬。故轉頭處用「別有淒涼意」之句以申明之，以下即暢發己意矣。蜀王故苑，放翁入蜀時，老木頹垣，尚存殘狀。余於光緒間入蜀，過成都城外昭覺寺，即詞中宣華苑故址，摩訶之池，迎仙之觀，及古梅百本，遺迹全消，所餘者惟柱礎輪囷，散卧于茂林芳草間。詞中所謂憑弔朱門斜日，又隔悠悠千載矣。蜀中燕王故宫，海棠極盛，爲成都第一。放翁猶及見之，賦《柳梢青》一首，不及此詞。

桃源憶故人

城南載酒行歌路，冶葉倡條無數。一朵鞓紅凝露，最是關心處。鶯聲無賴催春去，那更兼旬風雨。試問歲華何許？芳草連天暮。

【箋注】

〔冶葉倡條〕李商隱《燕臺詩四首》（第一）詩：「冶葉倡條徧相識。」

〔鞓紅〕歐陽修《洛陽牡丹記》：「鞓紅者，單葉深紅，花出青州，亦曰青州紅。其色類腰帶鞓，故謂之鞓紅。」

〔凝露〕李白《清平調》詞：「一枝紅豔露凝香。」

【編年】

成都城南有蜀王舊苑，多梅。務觀至成都後，歲常訪之。詞有「城南載酒行歌路」之句，當在成都作。

【輯評】

李調元《雨村詞話》卷二：陸放翁《桃源憶故人》詞「一朵鞓紅凝露」，東坡《西江月》詞「蓬萊殿後鞓紅」，鞓紅乃牡丹名。鞓音汀，帶紅也。無名氏有鞓紅詞。《西廂》「角帶傲黄鞓」。宋待制服紅鞓犀帶，蓋以花色如帶鞓之紅耳。今所繫亦曰鞓帶，而字書音爲丁，誤。

水龍吟　春日遊摩訶池

摩訶池上追遊路，紅緑參差春晚。韶光妍媚，海棠如醉，桃花欲煖。挑菜初閒，禁煙將近，一城絲管。看金鞍争道，香車飛蓋，争先占，新亭館。　惆悵年華暗换，黯銷魂、雨收雲散。鏡奩掩月，釵梁拆鳳，秦筝斜雁。身在天涯，亂山孤壘，危樓飛觀。歎春來只有，楊花和恨，向東風滿。

【校】

此詞雙照樓本、四部叢刊本皆不載，汲古閣本據宋黄昇《中興以來絶妙詞選》卷二補。

〔追遊路〕汲古閣本作「追遊客」，據《中興以來絶妙詞選》卷二校改。

【箋注】

〔摩訶池〕《詩稿》卷三《摩訶池》詩自注：「蜀宮中舊泛舟入此池，曲折十餘里。今府後門雖已爲平陸，然猶號水門。」《蜀中名勝記》卷四：「《方輿勝覽》云：『隋蜀王秀取土築廣子城，因爲池，有胡僧見之曰：「摩訶宮毗羅。」蓋梵語呼摩訶爲大，宮毗羅爲龍，謂此池廣大有龍耳。』又云：『摩訶池一名汙池，陳人蕭摩訶所開也。』《蜀檮杌》：『王建武成元年，改摩訶池爲龍躍池。』《王氏開國記》云：『建將薨前兩月，摩訶池有鵁鶄來集。衍即位後，即龍躍池爲宣華池。』……按今此池填爲蜀藩正殿，西南尚有一曲，水光漣漪，隔岸林木蓊翳，遊者寄古思焉。」

〔挑菜〕宋人以二月二日爲挑菜節。張耒有《二月二日挑菜節大雨不能出》詩。

〔禁煙〕見前《蝶戀花》（陌上簫聲寒食近）「寒食」注。

〔一城絲管〕杜甫《贈花卿》詩：「錦城絲管日紛紛，半入江風半入雲。此曲祇應天上有，人間能得幾回聞？」

〔年華暗換〕蘇軾《洞仙歌》詞：「又不道流年暗中偷換。」

〔釵梁拆鳳〕馬縞《中華古今注》卷中：「（秦）始皇以金銀作鳳頭，以玳瑁爲脚，號曰鳳釵。」

〔秦箏斜雁〕《隋書》卷十五《音樂下》：「箏，十三絃，所謂秦聲，蒙恬所作者也。」李商隱《昨日》詩：「十三絃柱雁行斜。」

【編年】

在成都作。

【輯評】

魏慶之《魏慶之詞話》附録《中興詞話》： 楊誠齋嘗稱陸放翁之詩敷腴，尤梁溪復稱其詩俊逸，余觀放翁之詞，尤其敷腴俊逸者也。如《水龍吟》云：「韶光妍媚，海棠如醉，桃花欲暖。挑菜初閑，禁煙將近，一城絲管。」如《夜遊宫》云：「璧月何妨夜夜滿，擁芳柔，恨今年、寒尚淺。」如《臨江仙》云：「鳩雨催成新緑，燕泥收盡殘紅，春光還與美人同。論心空眷眷，分袂卻匆匆。 只道真情易寫，奈何怨句難工。水流雲散各西東。半廊花院月，一帽柳橋風。」皆思致精妙，超出近世樂府。

卓人月、徐士俊《古今詞統》卷十四：「鏡奩」三句淒錦哀玉，「楊花」句則雕煙劃霞矣。

楊慎《詞品》卷一： 填詞平仄及斷句皆有定數，而詞人語意所到，時有參差。……維揚張世文云：陸放翁《水龍吟》，首句本是六字，第二句本是七字。若「摩訶池上追遊客」則七字。下云「紅緑參差春晚」，卻是六字。

沈雄《古今詞話·詞辨》下卷： 按張世文《水龍吟》，起句本是六字，第二句本是七字。若放翁「摩訶池上追遊路，紅緑參差春晚」，上七字，下六字，世文以此疑之。余閱章質夫「燕忙鶯懶芳殘」，與少游「小樓連苑横空」不異。但質夫下句「正堤上柳花飛墜」，東坡下句「也無人惜從教墜」及「下窺繡轂雕鞍驟」，則又語意參差。又前段歇拍，三字句作兩句，如放翁之「争先占，新亭館」，不異少游。而質夫之「依前被風扶起」，則又語意參差。即據《詞品》之誤，「皎月照」作一拍，「人依舊」作一拍，尚有情致，似乎無礙。要必如「歎春來只有」，四字爲句，「楊花和恨」，四字爲句，「向東風滿」，四字爲結，方爲合調。然末句如「作霜天曉」、「繫斜陽纜」、「枕秋蟾醉」、「與煙霞會」，則又四字之空頭句也，今拈出正之。按《詞品》謂斷句皆有定數，語意所至，時有參差。如少游前段歇拍句云：「紅成陣，飛鴛甃。」換頭落句云：「念多情，但有當時明月，照人依舊。」以詞意言，「念多情但有當時，皎月照人依舊」，作二句爲順。以詞調拍眼，「念多情但有當時」作一拍，「皎月照」作一拍，「人依舊」作一拍爲是。余竊怪之，如東坡楊花詞，舊本於「細看來不是楊花」爲句，「點點是離人淚」爲句，頗覺其順。後閱諸作，如章質夫、陸放翁等詞，應作三句。乃知「細看來不是」爲句，「楊花點點」爲句，「是離人淚」爲句。今取以證之，大似上句不了，接在下句者，下句或分別作二句者。而《詞品》所定少游詞，「皎月照」作一拍，「人依舊」作一拍，又大謬甚。余駁正之，當以「念多情但有」五字爲句，「當時皎月」四字爲句，「照人依舊」爲句，是則合調耳。

黄蘇《蓼園詞選》：放翁一生，憂國之心，觸處流出，無非一腔忠愛。此詞辭雖含蓄，而意極沉痛。蓋南渡國步日蹙，而上下安於逸樂，所謂「一城絲管爭占亭館」也。次闋自歎年華已晚，身安廢棄，流落天涯，不能爲力也。結句「恨向東風滿」，饒有沉雄鬱勃之致，躍躍紙上。

況周頤《蕙風詞話》卷四：寒食禁火，相傳因介之推事，猶端午競渡因屈原也。洪武本《草堂詩餘》陸放翁春游摩訶池《水龍吟》「禁煙將近」句注云：「《周禮》：司烜氏：仲春以木鐸徇火，禁於國中。」此別一說。

梁啓勳《曼殊室詞話》卷一：《水龍吟》起韻乃十三字，吴夢窗一首曰：「豔陽不到青山，古陰冷翠成秋苑。」陸放翁一首曰：「摩訶池上追遊路，紅緑參差春晚。」吴作六七，陸作七六。似此實不勝枚舉。

鷓鴣天　薛公肅家席上作

南浦舟中兩玉人，誰知重見楚江濱。憑教後苑紅牙版，引上西川緑錦茵。纔淺笑，却輕嚬，淡黃楊柳又催春。情知言語難傳恨，不似琵琶道得真。

【校】

案《永樂大典》卷二萬零三百五十三席字韻此首誤作丘崈詞。

【箋注】

〔薛公肅〕未詳。宋李流謙《澹齋集》卷三有《書薛公肅山齋》詩、卷八有《薛公肅訪山中偶出不值公肅留詩次其韻》，王質《雪山集》卷十五有《題薛公肅西湖問梅圖二首》詩，李石《方舟集》卷五有《題薛公肅問梅圖》詩。

〔南浦〕《楚辭·九歌·河伯》：「子交手兮東行，送美人兮南浦。」江淹《別賦》：「春草碧色，春水緑波，送君南浦，傷如之何！」

〔紅牙版〕拍板。《歷代詩餘》卷一百十五引宋俞文豹《吹劍録》：「東坡在玉堂日，有幕士善歌，因問：『我詞何如柳七？』對曰：『柳郎中詞，只合十七八女郎，執紅牙板，歌「楊柳岸曉風殘月」。』」

〔情知〕《詩詞曲語辭匯釋》卷四：「情知道，猶云明知得也。」

【編年】

詞有「誰知重見楚江濱」、「引上西川緑錦茵」之句，當在蜀中作。

【輯評】

俞陛雲《唐五代兩宋詞選釋》：此在薛公肅席上逢舊時歌妓而作。質言之，不過雲英重現，未免有情耳。結句乃藉琵琶傳意，以紆回之筆寫之。蓋一落言詮，便無餘味，不若空中傳恨，見聲音之感人。故曰香山之悲商婦琵琶，不在整衣自言之際，而在急絃轉撥之時，爲之青衫淚濕也。

感皇恩

小閣倚秋空，下臨江渚，漠漠孤雲未成雨。數聲新雁，回首杜陵何處。壯心空萬里，人誰許？　黄閣紫樞，築壇開府，莫怕功名欠人做。如今熟計，只有故鄉歸路。石帆山脚下，菱三畝。

【校】

《中興以來絶妙詞選》卷二調下題作「感懷」。

【箋注】

〔小閣二句〕王勃《滕王閣》詩：「滕王高閣臨江渚。」周邦彦《感皇恩》詞：「小閣倚晴空。」

〔數聲二句〕杜牧《秋浦道中》詩：「爲問寒沙新到雁，來時爲下杜陵無？」于鄴《秋夕聞雁》詩：「忽聞涼雁至，如報杜陵秋。」《詩稿》卷八《秋晚登城北門》詩：「一點風傳散關信，兩行雁帶杜陵秋。」杜陵，見前《望梅》（壽非金石）「杜陵」注。

〔人誰許〕《詩詞曲語辭匯釋》卷一：「誰許，猶云何許也。」

〔黃閣〕漢衛宏《漢官舊儀》卷上：「丞相聽事閣曰黃閣。」按此謂中書、門下省。

〔紫樞〕按宋代戎服皆紫色，其本兵所居之地稱樞密院，紫樞必即指樞密院言。辛棄疾《水調歌頭》詞：「左黃閣，右紫樞。」

〔築壇〕漢劉邦設壇場拜韓信爲大將，見《史記·淮陰侯列傳》。

〔開府〕漢制，三公得開府，置官屬。宋高承《事物紀原》卷四：「蓋漢制唯三公開府，至魏以餘官其儀同三公，故以爲號。由此歷代以名官。唐武德七年，以爲散官。」

〔石帆山〕《嘉泰會稽志》卷九：「石帆山在縣東一十五里。舊經引夏侯曾先《地志》云：『射的山北石壁高數十丈，中央少紆，狀如張帆，下有文石如鷂，一名石帆。』《十道志》云：『山遥望如張帆臨水。』謝惠連《汎南湖至石帆》詩云：『漣漪繁波緑，參差層峯峙。』南湖，即今鏡湖也。宋之問詩云：『石帆來海上，天鏡出湖中。』」

【編年】

似在蜀懷歸之作。

【輯評】

先著、程洪《詞潔輯評》卷二：其人胸中有故，出語自不同。當與「酒徒一半取封侯，獨去作、江邊漁父」合看。

鵲橋仙　夜聞杜鵑

茅簷人静，蓬牕燈暗，春晚連江風雨。林鶯巢燕總無聲，但月夜常啼杜宇。　催成清淚，驚殘孤夢，又揀深枝飛去。故山猶自不堪聽，況半世飄然羈旅。

【校】

四部叢刊本調下無題。

【箋注】

〔杜宇〕《華陽國志》卷三《蜀志》：「後有王曰杜宇，號曰望帝。法堯舜禪授之義，遂禪位于開明。帝升西山隱焉。時適二月，子鵑鳥鳴，故蜀人悲子鵑鳥鳴也。」《禽經》：「江左曰子規，蜀右曰杜宇，甌越曰怨鳥，一名杜鵑。」秦觀《憶王孫》詞：「杜宇聲聲不忍聞。」

【編年】

詞有「半世飄然羈旅」語，務觀出蜀時已五十四歲，此當在蜀聞杜鵑而作。

【輯評】

許昂霄《詞綜偶評》：（「故山猶自不堪聽」）襯墊一句，不唯句法曲折，而意亦更深。

王奕清《歷代詞話》卷七引《詞統》：放翁呈范至能待制《雙頭蓮》，末句云：「空悵望，鱠美菰香，秋風又起。」又夜聞杜鵑《鵲橋仙》末句云：「故山猶自不堪聽，況半世，飄然羈旅。」去國懷鄉之感，觸緒紛來，讀之令人於邑。

陳廷焯《白雨齋詞話》卷一：放翁詞惟《鵲橋仙》（夜聞杜鵑）一章，借物寓言，較他作爲合乎古。然以東坡《卜算子》（雁）較之，相去殆不可道里計矣。

梁啓超《飲冰室評詞》：麥丈云：當有所刺。

玉蝴蝶　王忠州家席上作

倦客平生行處，墜鞭京洛，解佩瀟湘。此夕何年，來賦宋玉高唐。繡簾開、香塵乍起；蓮步穩、銀燭分行。暗端相，燕羞鶯妒，蝶擾蜂忙。　難忘。芳樽頻勸，峭寒新退，玉漏猶長。幾許幽情，只愁歌罷月侵廊。欲歸時、司空笑問；微近處、丞相嗔狂。斷人腸，假饒相送，上馬何妨？

【校】

四部叢刊本調下無題。

〔來賦〕《中興以來絶妙詞選》卷二作「初賦」。

〔笑悶〕朱居易校放翁詞謂「悶」當作「問」。

【箋注】

〔王忠州〕未詳。按宋趙與虤《娱書堂詩話》卷下：「王從周鎬，吉之永豐人，仕至忠州守。」書中多稱陸游、楊萬里、樓鑰諸人詩，疑王忠州即此人。姑記于此，以俟再考。

〔墜鞭京洛〕唐白行簡《李娃傳》記鄭生過李娃宅，「娃方凭一雙鬟青衣立。生忽見之，不覺停驂久之，徘徊不能去。乃詐墜鞭于地，候其從者，勑取之。累眄于娃。」《詩稿》卷三《閬中作》詩：「墜鞭不用憶京華。」又卷四《秋夜遣懷》詩：「壯遊不復記墜鞭。」

〔解佩瀟湘〕漢劉向《列仙傳》卷上：「江妃二女者，不知何所人也。出遊于江漢之湄，逢鄭交甫，見而悦之，不知其神人也。交甫曰：『願請子之佩。』二女遂手解佩與交甫。交甫悦受而懷之中當心。趨去數十步，視佩，空懷無佩。顧二女，忽然不見。」

〔此夕何年〕《詩經·唐風·綢繆》：「今夕何夕，見此良人。」蘇軾《水調歌頭》詞：「不知天上宫闕，今夕是何年。」

〔宋玉高唐〕宋玉《高唐賦序》：「昔者先王嘗遊高唐，怠而晝寢，夢見一婦人曰：『妾巫山之女也，爲高唐之客。聞君遊高唐，願薦枕席。』王因幸之。去而辭曰：『妾在巫山之陽，高丘之阻。旦爲朝雲，暮爲行雨。朝朝暮暮，陽臺之下。』旦朝視之，如言。故爲立廟，號曰朝雲。王曰：『……試爲寡人賦之。』」又《神女賦序》：「楚襄王與宋玉遊於雲夢之浦，使玉賦高唐之事。」

〔蓮步〕《南史》卷五《齊廢帝東昏侯紀》：「又鑿金爲蓮華以帖地，令潘妃行其上，曰：『此步步生蓮華也。』」

〔欲歸句〕唐孟棨《本事詩·情感第一》：「劉尚書禹錫罷和州，爲主客郎中、集賢學士。李司空罷鎮在京，慕劉名，嘗邀至第中，厚設飲饌。酒酣，命妙妓歌以送之。劉於席上賦詩曰：『䯯鬌梳頭宮様粧，春風一曲杜韋娘。司空見慣渾閒事，斷盡江南刺史腸。』李因以妓贈之。」

〔微近句〕杜甫《麗人行》詩：「炙手可熱勢絶倫，慎莫近前丞相嗔。」

【編年】

淳熙五年，孝宗以務觀在外既久，趣召東歸。乃別成都，自涪州、忠州、萬州，放船出峽。《詩稿》卷十《忠州醉歸舟中作》詩：「耿耿船窗燈火明，東樓飲罷恰三更。不堪酒渴兼消渴，起聽江聲雜雨聲。」似即赴王守之宴。詞乃席上贈妓之作。

《老學庵筆記》卷五：「忠州在陝路，與萬州最號窮陋，豈復有爲郡之樂。白樂天詩乃云：『唯有綠樽紅燭下，暫時不似在忠州。』又云：『今夜酒醺羅綺煖，被君融盡玉壺冰。』以今觀之，忠州那得此光景耶？當是不堪司馬閒冷，驟易刺史，故每見其樂爾，可憐哉！」案務觀此詞，直亦樂天「今夜酒醺羅綺煖」之光景，忠州未必無此也。

【輯評】

卓人月、徐士俊《古今詞統》卷十三：（「欲歸」二句）能令公喜，能令公怒，才是尤物。

楊慎《詞品》卷五：放翁詞纖麗處似淮海，雄慨處似東坡。其感舊《鵲橋仙》一首：「華燈縱博，雕鞍馳射，誰記當年豪舉。酒徒一半取封侯，獨去作、江邊漁父。輕舟八尺，低篷三扇，占斷蘋洲煙雨。鏡湖元自屬閒人，又何必、官家賜與。」英氣可掬，流落亦可惜矣。其「墜鞭京洛，解珮瀟湘。欲歸時，司空笑問，漸近處，丞相嗔狂」，真不減少游。

賀裳《皺水軒詞筌》：陸務觀王忠州席上作曰：「欲歸時司空笑問，漸近處丞相嗔狂。」笑啼不敢之致，描勒殆盡。較東坡「司空見慣，應謂尋常。座中有狂客，惱亂柔腸」，豈惟出藍，幾于點鐵矣。升庵以爲不減少游，此幾于以欒令方伯仁也。

葉申薌《本事詞》卷下：放翁在王忠州席上，賦《玉蝴蝶》云……其描寫處，曲盡情態，令人誦之如見其聲容焉。

好事近

溢口放船歸，薄暮散花洲宿。兩岸白蘋紅蓼，映一蓑新綠。有沽酒處便爲家，菱芡四時足。明日又乘風去，住江南江北。

【校】

〔住〕均作任。

【箋注】

〔湓口〕即湓浦，在今江西省九江縣西，湓水經湓口流入長江。

〔散花洲〕《入蜀記》：「（乾道六年八月十六日）抛江泊散花洲，洲與西塞（山）相直。」

〔白蘋紅蓼〕黄庭堅《促拍滿路花》詞：「白蘋紅蓼，又尋湓浦廬山。」宋朱弁《曲洧舊聞》卷四：「紅蓼，即《詩》所謂『游龍』也，俗呼水紅。江東人别澤蓼，呼之爲火蓼。」

【編年】

淳熙五年東歸江行途中作。

南鄉子

歸夢寄吴檣，水驛江程去路長。想見芳洲初繫纜，斜陽，煙樹參差認武昌。　愁鬢點新霜，曾是朝衣染御香。重到故鄉交舊少，淒涼，却恐他鄉勝故鄉。

【校】

《中興以來絶妙詞選》卷二調下題作「賦歸」。

【箋注】

〔芳洲〕謂鸚鵡洲，在武昌東北長江中。《入蜀記》：「（乾道六年八月）三十日，黎明離鄂州。便風掛颿，沿鸚鵡洲南行。洲上有茂林神祠，遠望如小山。洲蓋禰正平被殺處，故太白詩云：『至今芳洲上，蘭蕙不敢生。』」

〔武昌〕今湖北省鄂城縣。《入蜀記》：「吳所都武昌，乃今武昌縣。此州在吳名夏口，亦要害。自江州至此七百里，泝流，雖日得便風，亦須三、四日。」

〔朝衣染御香〕賈至《早朝大明宮呈兩省僚友》詩：「衣冠身惹御爐香。」

〔却恐句〕杜甫《得舍弟消息》詩：「亂後誰歸得，他鄉勝故鄉。」

【編年】

淳熙五年東歸江行途中作。《詩稿》卷十《頭陀寺觀王簡棲碑有感》詩自注：「庚寅過武昌。」

【輯評】

卓人月、徐士俊《古今詞統》卷八：　可見放翁以朋友爲性命。

潘游龍《古今詩餘醉》卷七：　讀此，可見放翁交友情誼。

俞陛雲《唐五代兩宋詞選釋》：　入手處僅寫舟行，已含有客中愁思。「斜陽」二句秀逸入畫。繼言滿擬以還鄉之樂，償戀闕之懷，而門巷依然，故交零落，轉不若寂寞他鄉，尚無睹物懷人之感，乃透進一層寫法。

蝶戀花

桐葉晨飄蛩夜語。旅思秋光，黯黯長安路。忽記橫戈盤馬處。散關清渭應如故。

江海輕舟今已具。一卷兵書，歎息無人付。早信此生終不遇，當年悔草長楊賦。

【箋注】

〔忽記句〕《詩稿》卷十一《憶山南》（第一）詩：「貂裘寶馬梁州日，盤槊橫戈一世雄。」

〔散關句〕散關，故址在今陝西省寶雞縣西南大散嶺上，爲宋金交界處。渭水，源出甘肅省渭源縣，流經陝西省，東流入黄河。《文集》卷二十五《書渭橋事》：「陸某曰：河、渭之間，奥區沃野，周、秦、漢、唐之遺迹隱轔故在。自唐昭宗東遷，廢不都者三百年矣。山川之氣，鬱而不發。藝祖、高宗，皆嘗慨然有意焉，而羣臣莫克奉承。予得此事於若思之孫逸祖，豈關中將復爲帝宅乎？虜暴中原，積六七十年，腥聞于天。王師一出，中原豪傑必將嚮應。決策入關，定萬世之業，兹其時矣。」《詩稿》卷十四《夜觀秦蜀地圖》詩：「往者行省臨秦中，我亦急服叨從戎。散關摩雲俯賊壘，清渭如帶陳軍容。高旍縹緲嚴玉帳，畫角悲壯傳霜風。咸陽不勞三日到，幽州正可一炬空。意氣已無雞鹿塞，單于合入蒲萄宫。」又卷十七《江北莊取米到作飯甚香有感》詩：「我昔從戎清渭濱，散關嵯峨下臨賊。鐵衣上馬蹴堅冰，有時三日不火食。」又卷二十四有《夢遊散關渭水之間》詩。又卷二十七《秋夜感舊十二韻》詩：「最懷清渭上，衝雪夜掠渡。」

〔一卷兵書〕漢張良曾于下邳圯上得一老父贈與《太公兵法》一編，後佐劉邦成就帝業。見《史記·留侯世家》。温庭筠《簡同志》詩：「留侯功業何容易，一卷兵書作帝師。」

〔長楊賦〕《漢書》卷八十七《揚雄傳》：「上將大誇胡人以多禽獸，秋，命右扶風發民入南山，張羅罔罝罘，捕熊羆豪猪，虎豹狖玃，狐兔麋鹿，載以檻車，輸長楊射熊館。令胡人手搏之，自取其獲，上親臨觀焉。是時農民不得收斂。雄從至射熊館，還，上《長楊賦》。」

【編年】

淳熙五年，務觀出蜀東歸，秋到行在。詞有「桐葉晨飄蛩夜語。旅思秋光，黯黯長安路」等語，當即此時作。

【輯評】

陳廷焯《白雨齋詞話》卷八：放翁《蝶戀花》云：「早信此生終不遇，當年悔草長楊賦。」情見乎詞，更無一毫含蓄處。稼軒《鷓鴣天》云：「卻將萬字平戎策，换得東家種樹書。」亦即放翁之意，而氣格迥乎不同。彼淺而直，此鬱而厚也。

放翁詞編年箋注下卷（東歸後作）

好事近

歲晚喜東歸，掃盡市朝陳迹。揀得亂山環處，釣一潭澄碧。　賣魚沽酒醉還醒，心事付横笛。家在萬重雲外，有沙鷗相識。

【校】

《中興以來絶妙詞選》卷二調下題作「東歸書事」。

又

華表又千年，誰記駕雲孤鶴。回首舊曾遊處，但山川城郭。　紛紛車馬滿人間，塵土汙芒屩。且訪葛仙丹井，看巖花開落。

【箋注】

〔華表四句〕晉陶潛《搜神後記》卷一：「丁令威，本遼東人，學道于靈虛山。後化鶴歸遼，集城門華表柱。時有少年舉弓欲射之，鶴乃飛徘徊空中而言曰：『有鳥有鳥丁令威，去家千年今始歸。城郭如故人民非，何不學仙冢纍纍。』遂高上沖天。」

〔芒屩〕《詩稿》卷五十一《溪上》詩自注：「道家有青芒屩。」

〔葛仙丹井〕《晉書》卷七十二《葛洪傳》：「葛洪，字稚川，丹陽句容人也。尤好神仙導養之法。從祖玄，吳時學道得仙，號曰葛仙公，以其煉丹祕術授弟子鄭隱。洪就隱學，悉得其法焉。」《詩稿》卷十九有《故山葛仙翁丹井有偃松覆其上夭矯可愛寄題》詩。

【編年】

淳熙五年，務觀東歸，秋到行在，召對，除提舉福建常平茶鹽公事，暫歸山陰故居。右二詞即歸山陰後作，故有「歲晚喜東歸」、「華表又千年」之句。

【輯評】

俞陛雲《唐五代兩宋詞選釋》：　此詞用丁令威事，直以身化鶴，如莊子之以身化蝶，在空際著想，下視山川城郭，皆在塵土中，所謂不見長安，只見塵霧也。高想入雲，有昌黎「帶瓢酌天漿」之意。

沁園春

孤鶴歸飛，再過遼天，換盡舊人。念纍纍枯冢，茫茫夢境；王侯螻蟻，畢竟成塵。載酒園林，尋花巷陌，當日何曾輕負春。流年改，歎圍腰帶剩，點鬢霜新。交親散落如雲，又豈料如今餘此身。幸眼明身健，茶甘飯輭；非惟我老，更有人貧。躲盡危機，消殘壯志，短艇湖中閒采蓴。吾何恨，有漁翁共醉，谿友爲鄰。

【箋注】

〔孤鶴三句〕見前首「華表四句」注。

〔王侯二句〕杜甫《謁文公上方》詩：「王侯與螻蟻，同盡隨丘墟。」

〔圍腰帶剩〕《南史》卷五十七《沈約傳》：「（約）言己老病，百日數旬，革帶常應移孔；以手握臂，率計月小半分。欲謝事求歸老之秩。」

〔點鬢霜新〕李賀《還自會稽歌》：「吴霜點歸鬢。」李煜《破陣子》詞：「沈腰潘鬢消磨。」

〔眼明二句〕《詩稿》卷二十九《新闢小園》（第二）詩：「眼明身健殘年足，飯軟茶甘萬事忘。」又卷四十《書喜》（第一）詩：「眼明身健何妨老，飯白茶甘不覺貧。」

〔危機〕《晉書》卷八十五《諸葛長民傳》：「富貴必履危機。」

〔短艇句〕《詩稿》卷十九《寒夜移疾》詩：「天公何日與一飽，短艇湘湖自采蓴。」自注：「湘湖在蕭山縣，産蓴絶美。」

【編年】

淳熙五年東歸後作。

繡停針

歎半紀，跨萬里秦吴，頓覺衰謝。回首鵷行，英俊並遊，咫尺玉堂金馬。氣凌嵩華。負壯略、縱横王霸。夢經洛浦梁園，覺來淚流如瀉。　山林定去也。却自恐説著、少年時話。静院焚香，閒倚素屏，今古總成虚假。趁時婚嫁。幸自有、湖邊茅舍。燕歸應笑，客中又還過社。

【箋注】

〔歎半紀三句〕《書·畢命》：「既歷三紀。」漢孔安國傳：「十二年曰紀。」案務觀於乾道六年入蜀，至淳熙五年東歸，往返共歷九載。《詩稿》卷二十七《戲詠山陰風物》詩：「萬里秦吴税駕遲，還鄉已歎鬢成絲。」

〔英俊並遊〕《漢書》卷五十一《枚乘傳》：「乘久爲大國上賓，與英俊並遊，得其所好。」

〔玉堂金馬〕《漢書》卷八十七《揚雄傳》：「今子幸得遭明盛之世，處不諱之朝，與羣賢同行，歷金門上玉堂有日矣。」

〔嵩華〕謂嵩山、華山。

〔梁園〕漢梁孝王所營兔園，故址在今河南省商丘縣東。晉葛洪《西京雜記》卷三：「梁孝王好營宫室苑囿之樂，作曜華之宫，築兔園。王日與宫人賓客弋釣其中。」漢賦家司馬相如、枚乘、鄒陽等皆曾爲梁孝王賓客。

〔趁時婚嫁〕《後漢書》卷八十三《逸民·向長傳》：「向長，字子平，河内朝歌人也。隱居不仕。建武中，男女娶嫁既畢，勑斷家事勿相關，當如我死也。於是遂肆意，與同好北海禽慶俱遊五嶽名山，竟不知所終。」

〔社〕社日。《荆楚歲時記》：「社日，四鄰並結宗會社，宰牲牢，爲屋於樹下，先祭神，然後享其胙。」

【編年】

淳熙五年東歸後作。

【輯評】

謝元淮《填詞淺説》：詞禁諸條，亦須活看，如一聲不許四用一條，查程垓《江城梅花引》詞「睡也睡也睡不穩」，又王觀詞「恐極恨極顚玉蕊」，又蔣捷詞「夢也夢也夢不到」，均連用七仄字，乃此調定格，斷不可易。

至若陸游《繡鍼停》詞「卻恐自説著」，高觀國《玲瓏四犯》詞「此意待寫翠牋」，……皆用五仄字。……其餘四仄四平，指不勝屈，豈能盡諧律吕，恐其中不無尚可商榷者。……至無關格調者，仍宜細心點勘，去其太甚，勿令讀者礙眼，歌者礙口可也。

風入松

十年裘馬錦江濱，酒隱紅塵。萬金選勝鶯花海，倚疎狂、驅使青春。吹笛魚龍盡出，題詩風月俱新。　自憐華髮滿紗巾，猶是官身。鳳樓常記當年語，問浮名、何似身親？欲寄吴牋説與：這回真箇閒人。

【箋注】

〔十年句〕《論語·雍也》：「赤之適齊也，乘肥馬，衣輕裘。」《詩稿》卷十七《病中久廢遊覽悵然有感》詩：「裘馬清狂徧兩川，十年身是地行仙。」按務觀乾道六年入蜀，至淳熙五年東歸，往返共歷九載。此云「十年」，舉成數耳。

〔酒隱〕李白《秋于敬亭送從姪耑遊廬山序》：「酒隱安陸，蹉跎十年。」

〔吹笛句〕《太平廣記》卷四百十六引《傳奇·江叟》：「仙師歎曰：『子之藝至矣，但所吹者，枯竹笛耳。吾今贈子玉笛，乃荆山之尤者，但如常笛吹之，三年，當召洞中龍矣。』……叟乃受教而去，後三年，方得其音律。後因之岳陽，刺史李虞館之。時大旱，叟因出笛，夜于聖善寺經樓上吹，果洞庭之渚，龍飛而出降。」《詩稿》卷一《海中醉題時雷雨初霽天水相接也》詩：「醉後吹横笛，魚龍亦出聽。」

〔這回句〕蘇軾《行香子》詞：「不如歸去，作箇閒人。」

【編年】

宋周密《齊東野語》卷十五：「陸放翁在蜀日，有所盼，嘗賦詩云：『碧玉當年未破瓜，學成歌舞入侯家。如今顦顇蓬窗底，飛上青天妬落花。』出蜀後每懷舊遊，多見之賦詠。有云：『金鞭珠彈憶春遊，萬里橋東罨畫樓。夢倩曉風吹不斷，書憑春雁寄無由。鏡中顏鬢今如此，席上賓朋好在不？篋有吴牋三百箇，擬將細字寫春愁。』又云：『裘馬清狂錦水濱，最繁華地作閒人。金壺投箭消長日，翠袖傳杯領好春。幽鳥語隨歌處拍，落花鋪作舞時茵。悠然自適君知否；身與浮名孰是親（《詩稿》卷八「孰是親」作「若箇親」）？』又以此詩檃括作《風入松》云。」案「裘馬清狂錦水濱」一詩，《詩稿》卷八題作《醉題》，乃淳熙四年作，時務觀尚在成都。詞語亦非檃括此詩而成。「金鞭珠彈憶春遊」一詩，《詩稿》卷二十六題作《無題》，紹熙三年作，然與此詩非必作于同時。揆之詞意，似初離蜀後所作，故附列于此。

好事近　登梅仙山絶頂望海

揮袖上西峯，孤絶去天無尺。拄杖下臨鯨海，數煙帆歷歷。貪看雲氣舞青鸞，歸路已將夕。多謝半山松吹，解慇懃留客。

【校】

〔拄杖〕四部叢刊本誤作「柱杖」。

【箋注】

〔梅仙山〕即梅山。《文集》卷二十二《梅子真泉銘》：「距會稽城東北七里有山，曰梅山。」《詩稿》卷三十七《湖山雜賦》（第四）詩自注：「梅山寺，與敝廬南北相望無二十里。」建安亦有梅仙山，《明一統志》卷七十六謂「在府城南三里。世傳漢梅福於此鍊丹」，乾隆《福建通志》卷四謂「在府城南二里許。……宋郡守韓元吉建堂其上，榜曰梅仙堂」。

【編年】

案淳熙五年，務觀東歸，除提舉福建常平茶鹽公事，赴建安任。六年暮秋，改除朝請郎提舉江南西路常平茶鹽公事，十二月，到江西任。七年冬被命召詣行在所，至嚴州得旨許免入奏，遂汎江東歸，留居山陰五年。至十三年春，除朝請大夫權知嚴州軍州事，始離家鄉。十六年，作《長短句序》，謂晚悔作詞，有「今絶筆已數年」之語。後雖有作，爲數甚少。以下諸詞皆在山陰作，當皆淳熙八年至十二年五年間之作。併列于此。

【輯評】

卓人月、徐士俊《古今詞統》卷五：「吹」去聲。

又

小倦帶餘酲，澹澹數櫺斜日。驅退睡魔十萬，有雙龍蒼璧。　少年莫笑老人衰，風味似平昔。扶杖凍雲深處，探溪梅消息。

【箋注】

〔驅退二句〕唐封演《封氏聞見記》：「開元中泰山靈巖寺，有降魔師大興禪教，學禪，務于不寐，又不夕食，皆許其飲茶。」蘇軾《贈包安静先生三首》（第二）詩：「建茶三十片，不審味如何？奉贈包居士，僧房戰睡魔。」黄庭堅《謝公擇舅分賜茶》詩：「外家新賜蒼龍璧。」又《謝送碾壑源揀牙》詩：「喬雲從龍小蒼璧。」宋任淵注：「按張舜民《小説》云：『熙寧末，神廟有旨下建州製密雲龍，其品又高于小團。』」

烏夜啼

世事從來慣見，吾生更欲何之。鏡湖西畔秋千頃，鷗鷺共忘機。　一枕蘋風午醉，二升菰米晨炊。故人莫訝音書絶，釣侶是新知。

【箋注】

〔吾生句〕杜甫《秦州雜詩二十首》（第四）詩：「萬方聲一概，吾道竟何之？」

〔鷗鷺共忘機〕《列子·黃帝》：「海上之人有好漚（鷗）鳥者，每旦之海上，從漚鳥游，漚鳥之至者百數而不止。其父曰：『吾聞漚鳥皆從汝游，汝取來，吾玩之。』明日之海上，漚鳥舞而不下也。」陸龜蒙《酬襲美夏首病愈見招》詩：「除却伴談秋水外，野鷗何處更忘機？」《詩稿》卷十四《壬寅新春》詩：「門外煙波三百里，此心惟與白鷗親。」自注：「鏡湖三百里。」

【輯評】

卓人月、徐士俊《古今詞統》卷六：〔「故人」二句〕語殊蘊藉，覺叔夜《絶交》不免出惡聲矣。

又

素意幽棲物外，塵緣浪走天涯。歸來猶幸身強健，隨分作山家。　已趁餘寒泥酒，還乘小雨移花。柴門盡日無人到，一徑傍谿斜。

【箋注】

〔隨分〕《詩詞曲語辭匯釋》卷四：「隨分，此含有隨遇義。」王績《獨坐》詩：「百年隨分了，未羨陟方壺。」

又

園館青林翠樾，衣巾細葛輕紈。好風吹散霏微雨，沙路喜新乾。　小燕雙飛水際，流鶯百囀林端。投壺聲斷彈棋罷，閒展道書看。

【箋注】

〔投壺〕《後漢書》卷二十《祭遵傳》：「對酒設樂，必雅歌投壺。」李賢注：「《禮記·投壺經》曰：『壺頸修七寸，腹修五寸，口徑二寸半，容斗五升。壺中實小豆焉，爲其矢之躍而出也。矢以柘若棘，長二尺八寸。無去其皮，取其堅而重。投之勝者飲不勝者，以爲優劣也。』」

〔彈棋〕柳宗元《序棋》：「得木局，隆其中而規焉。其下方以直，置棋二十有四：貴者半，賤者半；貴曰上，賤曰下。咸自第一至十二。下者二乃敵一，用朱墨以別焉。」《老學庵筆記》卷十：「呂進伯作《考古圖》云：『古彈棋局，狀如香爐。』蓋謂其中隆起也。李義山詩云：『玉作彈棋局，中心亦不平。』今人多不能解。以進伯之説觀之，則粗可見，然恨其藝之不傳也。」

又

從宦元知漫浪，還家更覺清真。蘭亭道上多修竹，隨處岸綸巾。　泉洌偏宜雪茗，秔香雅稱絲蓴。翛然一飽西窗下，天地有閒人。

【箋注】

〔從宦句〕《新唐書》卷一百四十三《元結傳》：「後家瀼濱，乃自稱浪士。及有官，人以爲浪者亦漫爲官乎？呼爲漫郎。」

〔蘭亭句〕王羲之《蘭亭集序》：「此地有崇山峻嶺，茂林修竹。」

〔岸綸巾〕巾本覆額，露其額曰岸綸巾。

又

紈扇嬋娟素月，紗巾縹緲輕煙。高槐葉長陰初合，清潤雨餘天。　弄筆斜行小草，鈎簾淺醉閒眠。更無一點塵埃到，枕上聽新蟬。

【箋注】

〔弄筆句〕《詩稿》卷十七《臨安春雨初霽》詩：「矮紙斜行閒作草。」

洞庭春色

壯歲文章，暮年勳業，自昔誤人。算英雄成敗，軒裳得失，難如人意，空喪天真。請看邯鄲當日夢，待炊罷黃粱徐欠伸。方知道，許多時富貴，何處關身。　人間定無可意，怎換得玉鱠絲蓴。且釣竿漁艇，筆牀茶竈，閒聽荷雨，一洗衣塵。洛水秦關千古後，尚棘暗銅駝空愴神。何須更，慕封侯定遠，圖像麒麟。

【校】

〔秦關〕汲古閣本誤作「情關」。

【箋注】

〔軒裳〕《莊子·繕性》：「古之所謂得志者，非軒冕之謂也，謂其無以益其樂而已矣。今之所謂得志者，軒冕之謂也。軒冕在身，非性命也。」《漢書》卷八十七《揚雄傳》：「俄軒冕，雜衣裳。」

〔喪天真〕李白《古風》（第三十五）詩：「一曲斐然子，雕蟲喪天真。」

荊棘中耳。』」

〔請看二句〕見前《木蘭花慢》（閲邯鄲夢境）「邯鄲夢境」注。

〔筆牀茶竈〕見前《蘇武慢》（澹靄空濛）「筆牀茶竈」注。

〔閒聽荷雨〕李商隱《宿駱氏亭寄懷崔雍崔衮》詩：「留得枯荷聽雨聲。」

〔棘暗銅駝〕《晉書》卷六十《索靖傳》：「靖有先識遠量，知天下將亂，指洛陽宫門銅駝歎曰：『會見汝在荊棘中耳。』」

〔封侯定遠〕《後漢書》卷四十七《班超傳》：「（超）出入二十二年，莫不賓從。改立其王，而綏其人。不動中國，不煩戎士，得遠夷之和，同異俗之心。其封超爲定遠侯，邑千户。」

〔圖像麒麟〕《漢書》卷五十四《蘇武傳》：「甘露三年，單于始入朝。上思股肱之美，迺圖畫其人於麒麟閣，法其形貌，署其官爵姓名。……凡十一人，皆有傳。」麒麟閣，在漢未央宫中。

【輯評】

俞陛雲《唐五代兩宋詞選釋》：放翁早年爲秦檜所忌，後受知于孝宗，揚歷中外，以寶章閣待制致仕。故起筆有「壯歲」、「暮年」二語。久涉仕途，深嘗甘苦，至盧生夢醒，始欠伸而起，自悔而兼自悟，「欠伸」句洵傳神之筆。下闋盱衡今古，銅駝荊棘，帝室且然，又何論封侯事業！深知富貴之不如閑放，宜其以放翁自號也。

桃源憶故人

一彈指頃浮生過，墮甑元知當破。去去醉吟高卧，獨唱何須和。　殘年還我從來我，萬里江湖煙舸。脱盡利名韁鎖，世界元來大。

【箋注】

〔一彈指句〕宋釋法雲《翻譯名義集》卷二《僧祇》云：『二十念爲一瞬，二十瞬名一彈指。』」蘇軾《過永樂文長老已卒》詩：「一彈指頃去來今。」

〔墮甑〕《後漢書》卷六十八《郭太傳》：「（孟敏）客居太原，荷甑墮地，不顧而去。林宗見而問其意，對曰：『甑已破矣，視之何益？』」《詩稿》卷三十二《騰騰》詩：「萬事皆墮甑。」

〔醉吟〕白居易《醉吟先生傳》：「醉吟先生者，忘其姓氏、鄉里、官爵，忽忽不知吾爲誰也。宦遊三十載，將老，退居洛下。……因自吟《詠懷》詩云：『抱琴榮啓樂，縱酒劉伶達。放眼看青山，任頭生白髮。不知天地内，更得幾年活？從此到終身，盡爲閒日月。』吟罷自哂，揭甕撥醅。又引數盃，兀然而醉。既而醉復醒，醒復吟，吟復飲，飲復醉，醉吟相仍，若循環然。」

〔高卧〕《晉書》卷九十四《陶潛傳》：「嘗言夏月虚閒，高卧北窗之下，清風颯至，自謂羲皇上人。」

〔獨唱何須和〕杜牧《沈下賢》詩：「斯人清唱何人和？」蘇軾《饋歲》詩：「亦欲舉鄉風，獨唱無人和。」

〔脱盡句〕柳永《夏雲峯》詞：「向此免名韁利鎖，虚費光陰。」

〔世界〕《楞嚴經》：「世爲遷流，界爲方位。汝今當知東、西、南、北、東南、西南、東北、西北、上、下爲界，過去、未來、現在爲世。」

【輯評】

卓人月、徐士俊《古今詞統》卷六：（「殘年」句）本《世説》「我寧作我」及「我用我法」之句。

豆葉黄

春風樓上柳腰肢，初試花前金縷衣。嫋嫋娉娉不自持。曉粧遲，畫得蛾眉勝舊時。

【校】

〔豆葉黄〕汲古閣本作《憶王孫》。

案此首《花草粹編》卷一誤作莫將詞。

又

一春常是雨和風，風雨晴時春已空。誰惜泥沙萬點紅。恨難窮，恰似衰翁一世中。

菩薩蠻

江天淡碧雲如掃，蘋花零落蓴絲老。細細晚波平，月從波面生。漁家真箇好，悔不歸來早。經歲洛陽城，鬢絲添幾莖。

又

小院蠶眠春欲老，新巢燕乳花如掃。幽夢錦城西，海棠如舊時。當年真草草，一櫂還吴早。題罷惜春詩，鏡中添鬢絲。

【箋注】

〔幽夢二句〕《詩稿》卷十《夢至成都悵然有作》（第一）詩：「春風小陌錦城西，翠笛珠簾客意迷。下盡牙籌閒縱博，刻殘畫燭戲分題。紫氍毹暖帳中醉，紅叱撥驕花外嘶。孤夢淒涼身萬里，令人憎殺五更雞。」

訴衷情

當年萬里覓封侯，匹馬戍梁州。關河夢斷何處？塵暗舊貂裘。　胡未滅，鬢先秋，淚空流。此生誰料，心在天山，身老滄洲！

【箋注】

〔萬里覓封侯〕見前《夜遊宫》（雪曉清笳亂起）「自許句」注。

〔梁州〕此處指南鄭。

〔塵暗句〕《戰國策·秦策一》：「（蘇秦）説秦王書十上，而説不行。黑貂之裘弊，黄金百斤盡，資用乏絶，去秦而歸。」

〔天山〕即祁連山。《漢書》卷六《武帝紀》：「貳師將軍三萬騎出酒泉，與右賢王戰於天山。」顔師古注：「即祁連山也。匈奴謂天爲祁連，今鮮卑語尚然。」《詩稿》卷十七《新年》詩：「稽山剡曲雖堪樂，終憶祁連古戰場。」卷二十三《秋思》（一）詩：「慨然此夕江湖夢，猶繞天山古戰場。」卷三十七《感秋》詩：「一身寄空谷，萬里夢天山。」

〔滄洲〕猶言江湖，喻高士隱遁之地。《文選》謝朓《之宣城出新林浦向板橋一首》詩：「既懽懷禄情，復協滄洲趣。」李善注引揚雄《檄靈賦》：「世有黄公者，起於滄洲，怡神養性，與道浮遊。」

又

青衫初入九重城，結友盡豪英。蠟封夜半傳檄，馳騎諭幽并。　時易失，志難成，鬢絲生。平章風月，彈壓江山，别是功名！

【箋注】

〔九重城〕謂帝京。《楚辭·九辯》：「君之門兮九重。」

〔結友盡豪英〕《詩稿》卷二十一《馬上作》：「三十年前客帝城，城南結騎盡豪英。」

〔蠟封二句〕《文集》卷三有《蠟彈省劄》，曰：「朝廷今來特惇大信，明大義于天下，依周漢諸侯及唐藩鎮故事，撫定中原。不貪土地，不利租賦。除相度於唐、鄧、海、泗一帶置關依函谷關外，應有據以北州郡歸命者，即其所得州郡，裂土封建。」自注：「癸未二月，二府請至都堂撰。」《詩稿》卷十八《燕堂春夜》詩：「草檄北征今二紀，山城仍是老書生。」自注：「游嘗爲丞相陳魯公、史魏公，樞相張魏公草中原及西夏書檄於都堂。」《文集》卷十三，《代二府與夏國主書》自注：「癸未正月二十一日，二府請至都堂撰。」

〔幽并〕古二州名。此處泛指中原地區。

〔平章風月〕《詩稿》卷二十一《予十年間兩坐斥辠雖擢髪莫數而詩爲首謂之嘲詠風月既還山遂以風月名小軒且作絶句》詩：「扁舟又向鏡中行，小草清詩取次成。放逐尚非餘子比，清風明月入臺評。」「緑蔬丹果薦瓢尊，身寄城南禹會村。連坐頻年到風月，固應無客叩吾門。」

〔彈壓江山〕《淮南子·本經訓》：「牢籠天地，彈壓山川。」《詩稿》卷十九《讀范文正瀟洒桐廬郡詩戲書》詩：「逢迎風月紬生事，彈壓江山毛穎功。」

【輯評】

俞陛雲《唐五代兩宋詞選釋》：此調僅四十餘字，而豪氣霜横，逸情雲上。「風月」、「江山」三語，尤峭勁有味。楊升庵評其詞，謂「雄慨處似東坡」，此作頗近之。

生查子

還山荷主恩，聊試扶犂手。新結小茅茨，恰占清江口。　風塵不化衣，鄰曲常持酒。那似宦遊時，折盡長亭柳。

【箋注】

〔扶犂手〕蘇軾《次韻答錢穆父》詩：「玉堂不著扶犂手。」

〔風塵句〕陸機《爲顧彦先贈婦》詩：「京洛多風塵，素衣化爲緇。」

又

梁空燕委巢，院静鳩催雨。香潤上朝衣，客少閒談麈。鬢邊千縷絲，不是吴蠶吐。孤夢泛瀟湘，月落聞柔艣。

【箋注】

〔梁空句〕薛道衡《昔昔鹽》：「暗牖懸蛛網，空梁落燕泥。」

〔鳩催雨〕見前《臨江仙》（鳩雨催成新緑）「鳩雨」注。

〔談麈〕趙翼《廿二史劄記》卷八：「六朝人清談，必用麈尾。蓋初以談玄用之，相習成俗，遂爲名流雅器，雖不談亦常執持耳。」

〔瀟湘〕二水名，在湖南省境。

破陣子

仕至千鍾良易，年過七十常稀。眼底榮華元是夢，身後聲名不自知。營營端爲誰？

幸有旗亭沽酒，何妨繭紙題詩。幽谷雲蘿朝採藥，静院軒牕夕對棋。不歸真箇癡。

【校】

《中興以來絶妙詞選》卷二調下題作「省乖」。

【箋注】

〔千鍾〕漢劉向《説苑》：「季成子食采千鍾。」《左傳》昭公三年：「釜十則鍾。」注：「六斛四斗。」

〔年過句〕杜甫《曲江》詩：「人生七十古來稀。」

〔身後句〕《晉書》卷九十二《張翰傳》：「或謂之曰：『卿乃可縱適一時，獨不爲身後名邪？』答曰：『使我有身後名，不如即時一盃酒。』時人貴其曠達。」杜甫《夢李白二首》（第二）詩：「千秋萬歲名，寂寞身後事。」

〔旗亭〕《文選》張衡《西京賦》：「旗亭五重。」薛綜注：「旗亭，市樓也。」

〔繭紙〕唐張彦遠《法書要録》卷三引唐何延之《蘭亭記》：「用蠶繭紙，鼠鬚筆。」唐李肇《唐國史補》卷下：「宋亳間有織成界道絹素，謂之烏絲欄、朱絲欄，又有繭紙。」

【輯評】

李調元《雨村詞話》卷二：放翁詞似詩，然較詩濃縟，所欠一醒字，而《破陣子》詞卻甚工。詞云……此不但句醒，且喚醒世間多少人。

又

看破空花塵世，放輕昨夢浮名。蠟屐登山真率飲，筇杖穿林自在行。身閒心太平。

料峭餘寒猶力，廉纖細雨初晴。苔紙閒題谿上句，菱唱遥聞煙外聲。與君同醉醒。

【箋注】

〔空花〕《圓覺經》：「妄認四大爲自身，六塵緣影爲自心相，譬如彼病目見空中花。」

〔蠟屐登山〕《世説新語·雅量》：「阮遥集好屐。或有詣阮，見自吹火蠟屐，因嘆曰：『未知一生當著幾量屐。』」《南史》卷十九《謝靈運傳》：「（靈運）尋山陟嶺，必造幽峻，巖障數十重，莫不備盡。登躡常著木屐，上山則去其前齒，下山去其後齒。」

〔真率飲〕《侍講雜記》：「温公（司馬光）居洛，與楚正叔通議、王安之朝議等耆老六七人，時相與會於城内之名園古寺，且爲之約，果實不過三品，肴饌不過五品，酒則無筭。以爲儉則易供，簡則易繼，命之曰真率會。」《能改齋漫録》：「司馬温公有真率會，蓋本于東晉初時拜官，相飭供饌。羊曼在丹陽日，客來早者得佳設，日晏則漸不復精，隨客早晚而不問貴賤；時羊固拜臨海守，竟日皆美，雖晚至者猶獲精饌。時言固之豐腆，不如曼之真率。」司馬光《耆英會》詩：「相從過飲任天真。」

〔身閒心太平〕《詩稿》卷九《心太平菴》詩：「天下本無事，庸人擾之耳。胸中故湛然，忿欲定誰使？本心倘不失，外物真一螘。困窮何足道，持此端可死。空齋夜方中，窗月淡如水。忽有清磬鳴，老夫從定起。」自注：「余取《黄庭》語名所寓室。」又卷一《獨學》詩：「少年妄起功名念，豈信身閒心太平。」自注：「《黄庭經》：『閒暇無事心太平。』」

〔廉纖細雨〕韓愈《晚雨》詩：「廉纖晚雨不能晴。」

〔苔紙〕晉王嘉《拾遺記》：「張華造《博物志》四百卷，晉武帝賜側理紙萬番。此南越所獻，南人以海苔爲紙，其理縱横邪側，因以爲名。」唐李肇《國史補》卷下：「紙則有越之剡藤苔牋。」《詩稿》卷二十二《予所居南並鏡湖北則陂澤重複抵海小舟縱所之或數日乃歸》詩：「歸來寫苔紙，老憊無傑句。」

點絳唇

采藥歸來，獨尋茅店沽新釀。暮煙千嶂，處處聞漁唱。　醉弄扁舟，不怕黏天浪。江湖上，遮回疎放，作箇閒人樣。

【校】

〔遮〕汲古閣本作「這」。

【箋注】

〔遮回〕《詩詞曲語辭匯釋》卷一：「遮回，這回也。」元稹《過東都別樂天》詩：「自識君來三度別，遮回白盡老髭鬚。」

一落索

滿路遊絲飛絮，韶光將暮。此時誰與説新愁，有百囀，流鶯語。俯仰人間今古，神仙何處。花前須判醉扶歸，酒不到，劉伶墓。

【校】

〔一落索〕汲古閣本作《洛陽春》。

【箋注】

〔酒不到句〕李賀《將進酒》詩：「勸君終日酩酊醉，酒不到劉伶墳上土。」

又

識破浮生虚妄，從人譏謗。此身恰似弄潮兒，曾過了，千重浪。且喜歸來無恙，一壺春釀。雨蓑煙笠傍漁磯，應不是，封侯相。

【箋注】

〔弄潮兒〕宋吴自牧《夢粱録》卷四《觀潮》：「臨安風俗，每歲八月内，潮怒勝于常時。杭人有一等無賴不惜性命之徒，以大綵旗或小清涼繖、紅緑小繖兒，各繫繡色緞子滿竿，伺潮出海門，百十爲羣，執旗泅水上，以迓子胥弄潮之戲。或有手脚執五小旗，浮潮頭而戲弄。」

〔封侯相〕見前《夜遊宫》（雪曉清笳亂起）「自許句」注。

【輯評】

卓人月、徐士俊《古今詞統》卷五：不是封侯相，何以封渭南伯耶？

杏花天

老來駒隙騣騣度，算只合狂歌醉舞。金杯到手君休訴，看著春光又暮。　誰爲倩柳條繫住，且莫遣城笳催去。殘紅轉眼無尋處，盡屬蜂房燕户。

【箋注】

〔駒隙〕《莊子·知北遊》：「人生天地之間，若白駒之過郤，忽然而已。」

〔金杯句〕黄庭堅《西江月》詞：「盃行到手莫留殘。」《詩詞曲語辭匯釋》卷五：「訴，辭酒之義。」韋莊《菩薩蠻》詞：「莫訴金盃滿。」

太平時

竹裏房櫳一徑深，静愔愔。亂紅飛盡緑成陰，有鳴禽。　臨罷蘭亭無一事，自修琴。銅爐裊裊海南沈，洗塵襟。

【箋注】

〔蘭亭〕唐張彦遠《法書要録》卷三引唐何延之《蘭亭記》：「《蘭亭》者，晉右將軍會稽内史瑯玡王羲之字逸少所書之詩序也。以晉穆帝永和九年暮春三月三日，宦遊山陰，與太原孫統承公等四十有一人，修祓禊之禮，揮毫製序，興樂而書，用蠶繭紙、鼠鬚筆，遒媚勁健，絶代更無。凡二十八行，三百二十四字。」《文集》卷二十八有《跋蘭亭樂毅論并趙岐王帖》、《跋毛仲益所藏蘭亭》，卷二十九有《跋蘭亭序》，卷三十一有《跋陳伯予所藏蘭亭帖》。《詩稿》卷四十九有《跋馮氏蘭亭》詩。

〔海南沈〕范成大《桂海虞衡志》：「沈水香，上品，出海南黎峒。」

戀繡衾

不惜貂裘换釣篷，嗟時人、誰識放翁。歸櫂借樵風穩，數聲聞林外暮鐘。　幽棲莫笑蝸廬小，有雲山、煙水萬重。半世向丹青看，喜如今身在畫中。

【箋注】

〔樵風〕《輿地紀勝》卷十：「樵風涇，在會稽東南二十五里。鄭宏少採薪，得一遺箭。頃之，有人覓箭，問宏何欲，宏知其神人，答曰：『常患若耶溪載薪爲難，願朝南風，暮北風。』後果然，世號樵風涇。」《詩稿》卷五《日暮至湖上》詩自注：「會稽山南有溪名樵風涇，其上即若耶。」又卷二十《泛湖上雲門》詩自注：「樵風涇在若耶溪、鑑湖之間。」又卷四十九《書喜》詩：「朝借樵風暮可還。」清秦巘《詞繫》卷二十一録此詞，「樵風」二字作「風輕」。

〔蝸廬〕《三國志·魏志》卷十一《管寧傳》劉宋裴松之注引《魏略》：「（焦先）自作一蝸牛廬，浄掃其中。」《詩稿》卷二十一《蝸廬》詩：「小葺蝸廬便著家，槿籬莎徑任欹斜。」又卷二十八《蝸廬》詩：「蝸廬四壁空，也過百年中。」又卷五十一有《蝸舍》詩。

【輯評】

卓人月、徐士俊《古今詞統》卷七：　安得顧長康寫照，置放翁於丘壑裏。

又

無方能駐臉上紅，笑浮生、擾擾夢中。平地是沖霄路，又何勞千日用功。　飄然再過蓮峯下，亂雲深、吹下暮鐘。訪舊隱依然在，但鶴巢時有墮松。

【箋注】

〔蓮峯〕《太平御覽》卷三十九引《華山記》：「山頂有池，生千葉蓮花，服之羽化，因曰華山。」又曰：「山有三峯。」注：「謂蓮花、毛女、松檜也。」

蝶戀花

禹廟蘭亭今古路。一夜清霜，染盡湖邊樹。鸚鵡杯深君莫訴，他時相遇知何處。　冉冉年華留不住。鏡裏朱顏，畢竟消磨去。一句丁寧君記取，神仙須是閒人做。

【箋注】

〔禹廟句〕《詩稿》卷四十九《書喜》詩：「家居禹廟蘭亭路。」

〔鸚鵡杯〕李白《襄陽歌》：「鸕鷀杓，鸚鵡杯，百年三萬六千日，一日須飲三百杯。」

〔君莫訴〕見前《杏花天》（老來駒隙騠騠度）「金杯句」注。

好事近

風露九霄寒，侍宴玉華宫闕。親向紫皇香案，見金芝千葉。　碧壺仙露醖初成，香味兩奇絶。醉後却騎丹鳳，看蓬萊春色。

【箋注】

〔九霄〕《文選》沈約《遊沈道士館》詩：「鋭意三山上，託慕九霄中。」唐張銑注：「九霄、九天，仙人所居處也。」

〔玉華宫闕〕《太平御覽》卷六百六十引《大有經》曰：「玉華青宫有寶經玉訣，應有爲真人者授之。」

〔紫皇香案〕《太平御覽》卷六百五十九引《祕要經》曰：「太清九宫，皆有僚屬，其最高者稱太皇、紫皇、玉皇。」元稹《以州宅夸於樂天》詩：「我是玉皇香案吏，謫居猶得住蓬萊。」

〔金芝〕《漢書》卷八《宣帝紀》：「金芝九莖，産于函德殿銅池中。」

〔蓬萊〕《史記》卷二十八《封禪書》：「自威、宣、燕昭，使人入海求蓬萊、方丈、瀛洲。此三神山者，其傳在勃海中，去人不遠。」

又

揮袖別人間，飛躡峭崖蒼壁。尋見古仙丹竈，有白雲成積。　心如潭水靜無風，一坐數千息。夜半忽驚奇事，看鯨波暾日。

【箋注】

〔古仙丹竈〕謂葛洪丹井，見前《好事近》（華表又千年）「葛仙丹井」注。

〔一坐數千息〕陳與義《又賦》詩：「豈知得此地，一坐數千息。」

〔夜半兩句〕劉禹錫《送源中丞充新羅册立使》詩：「日浴鯨波萬頃金。」《詩稿》卷二十三《夢海山壁間詩不能盡記以其意追補》（二）詩：「要知壯觀非塵世，半夜鯨波浴日紅。」

【輯評】

卓人月、徐士俊《古今詞統》卷五：英雄感慨無聊，必借神仙荒忽之語以自釋，此《遠遊》篇之意也。

又

覓箇有緣人，分付玉壺靈藥。誰向市塵深處，識遼天孤鶴。　月中吹笛下巴陵，條華赴前約。今古廢興何限，歎山川如昨。

【箋注】

〔分付〕《詩詞曲語辭匯釋》卷五：「分付，有發落義。」

〔遼天孤鶴〕見前《好事近》（華表又千年）「華表四句」注。

〔巴陵〕今湖南省岳陽縣。

〔條華赴前約〕《詩稿》卷六十九《書几試筆》詩：「藥笈箸囊幸無恙，蓮峯吾亦葺吾廬。」自注：「偶見報西師復關中郡縣，昔予常有卜居條華意，因及之。」條華，中條山（在山西省永濟縣東南）、華山。《詩稿》卷六十二《夏日感舊》（第二）詩：「胡塵掃盡知何日，不隱箕山即華山。」又卷六十五《東籬》詩：「自覺前身隱華山。」又卷六十八《聞西師復華州》詩：「西師驛上破番書，鄠杜真成可卜居。細肋卧沙非望及，且炊黍飯食河魚。」「青銅三百飲旗亭，關路騎驢半醉醒。雙鷺斜飛敷水緑，孤雲橫度華山青。」又卷七十六《道院偶述》（第二）詩：「飄零未忍塵中老，猶待時平隱華山。」又卷六十及卷八十四均有《夢華山》詩。

又

秋曉上蓮峯，高躡倚天青壁。誰與放翁爲伴，有天壇輕策。鏗然忽變赤龍飛，雷雨四山黑。談笑做成豐歲，笑禪龕榔栗。

【箋注】

〔蓮峯〕見前《戀繡衾》（無方能駐臉上紅）「蓮峯」注。李白《古風》（第十九）詩：「西上蓮花峯。」

〔誰與二句〕《詩稿》卷二十《拄杖》詩：「放翁拄杖具神通，蜀棧吴山興未窮。昨夜夢中行萬里，蓮華峯上聽松風。」

〔天壇輕策〕天壇，山名，即王屋山絶頂，相傳爲古仙靈朝會之所，唐司馬承禎修道于此。宋葉夢得《避暑録話》卷上：「余往自許昌歸，得天壇藤杖數十，外圓。」

〔忽變赤龍飛〕晉葛洪《神仙傳》卷五：「（費長房）憂不得到家，（壺）公以一竹杖與之曰：『但騎此得到家耳。』房騎竹杖辭去，忽如睡覺，已到家。……房所騎竹杖，棄葛陂中，視之乃青龍耳。」

〔榔栗〕杖名。賈島《送空公往金州》詩：「七百里山水，手中榔栗麤。」《五燈會元》卷十二《石霜楚圓禪師》：「問：尋枝摘葉即不同，如何是直截根源？師曰：榔栗拄杖。曰：意旨如何？師曰：行即肩挑雲水衲，坐來安在掌中擎。」

又

平旦出秦關，雪色駕車雙鹿。借問此行安往，賞清伊修竹。　漢家宮殿劫灰中，春草幾回緑。君看變遷如許，況紛紛榮辱。

【箋注】

〔秦關〕即函谷關，戰國時秦置。故址在今河南省靈寶縣西南。

〔雪色〕杜甫《久雨期王將軍不至》詩：「憶爾腰下鐵絲箭，射殺林中雪色鹿。」

〔賞清伊修竹〕《元和郡縣圖志》卷五：「伊水在（洛陽）縣東南十八里。」蘇軾《別子由三首兼別遲》（第二）詩：「水南卜築吾豈敢，試向伊川買修竹。」按《詩稿》卷三十六《雜題》（第二）詩：「莫笑花前白髮新，宣和人醉慶元春。何時道路平如砥，卻就清伊整幅巾。」與此詞意差同，皆是望復故都之作。

〔漢家宮殿句〕曹植《送應氏詩二首》（第一）詩：「洛陽何寂寞，宮室盡燒焚。」杜甫《諸將五首》（第三）詩：「洛陽宮殿化爲烽。」

〔劫灰〕晉干寶《搜神記》卷十三：「漢武帝鑿昆明池，極深，悉是灰墨，無復土。舉朝不解，以問東方朔。朔曰：『臣愚不足以知之。』曰：『試問西域人。』帝以朔不知，難以移問。至後漢明帝時，西域道人入來洛陽，時有憶方朔言者，乃試以武帝時灰墨問之。道人云：『經云：「天地大劫將盡，則劫燒。」此劫燒之餘也。』乃知朔言有旨。」

【輯評】

俞陛雲《唐五代兩宋詞選釋》：關中爲古帝王州，凡策馬秦原者，黄葉漢宫，緑蕪秦苑，每有懷古蒼涼之慨。放翁感遺殿之消沉，思帝王之煊赫，尚結局如斯，區區一身榮辱，安足論耶？此調遊覽之詞凡五首，惟此首發思古之幽情，筆亦有俊爽氣。

又

春風歸從紫皇遊，東海宴暘谷。進罷碧桃花賦，賜玉塵千斛。

混迹寄人間，夜夜畫樓銀燭。誰見五雲丹竈，養黄芽初熟。

【校】

此首雙照樓本、四部叢刊本均不載。

【箋注】

〔黄芽〕道家燒鍊術語，喻銀鉛。漢魏伯陽《參同契》：「陰陽之始，玄含黄芽。」

〔紫皇〕見前《好事近》（風露九霄寒）「紫皇香案」注。

暘谷。」

〔暘谷〕《書·堯典》：「分命羲仲，宅嵎夷，曰暘谷。」孔安國傳：「暘，明也。日出于谷而天下明，故稱暘谷。」

〔玉麈〕《太平廣記》卷四十引《玄怪録·巴邛人》：「有巴邛人，家有橘園。因霜後，諸橘盡收，餘有二大橘。剖開，每橘有二老叟，鬚眉皤然，肌體紅潤，皆相對象戲，身僅尺餘，談笑自若。剖開後，亦不驚怖，但與決賭。賭訖，叟曰：『君輸我瀛洲玉麈九斛。』」《詩稿》卷十四《雪後尋梅偶得絶句十首》（第二）詩：「定知謫墮不容久，萬斛玉麈來聘歸。」自注：「橘中四叟博輸玉麈九斛。」

【編年】

右六詞皆作游仙之語，當作于同時。或隱處山陰時作，姑列于此。

柳梢青　乙巳二月西興贈別

十載江湖，行歌沽酒，不到京華。底事翩然，長亭煙草，衰鬢風沙。　憑高目斷天涯，細雨外、樓臺萬家。只恐明朝，一時不見，人共梅花。

【校】

四部叢刊本調下無題。

【箋注】

〔乙巳〕淳熙十二年。

〔西興〕在浙江省蕭山縣西北。

【編年】

淳熙十二年作。務觀詞惟此明書甲子。

漁父　燈下讀玄真子漁歌因懷山陰故隱追擬

石帆山下雨空濛，三扇香新翠箬篷。蘋葉緑，蓼花紅，回首功名一夢中。

又

晴山滴翠水挼藍，聚散漁舟兩復三。橫埭北，斷橋南，側起船篷便作帆。

又

鏡湖俯仰兩青天，萬頃玻瓈一葉船。拈棹舞，擁蓑眠，不作天仙作水仙。

又

湘湖煙雨長蓴絲，菰米新炊滑上匙。雲散後，月斜時，潮落舟横醉不知。

又

長安拜免幾公卿，漁父横眠醉未醒。煙艇小，釣車腥，遥指梅山一點青。

【校】

此五詞各本未收，據《詩稿》卷十九補。

【箋注】

〔玄真子〕《新唐書》卷一百九十六《張志和傳》：「張志和，字子同，婺州金華人。居江湖，自稱煙波釣徒，著《玄真子》，亦以自號。顔真卿爲湖州刺史，志和來謁。真卿以舟敝漏，請更之。志和曰：『願爲浮家泛宅，往來苕霅間。』辯捷類如此。善圖山水，酒酣或擊鼓吹笛，舐筆輒成。嘗撰《漁歌》。憲宗圖真求其歌，不能致。」

〔漁歌〕張志和《漁歌》五首，見宋黄昇《唐宋諸賢絶妙詞選》卷一。

〔石帆山〕見前《感皇恩》（小閣倚秋空）「石帆山」注。

〔水仙〕唐袁郊《甘澤謡·陶峴》：「自製三舟，備極堅巧。一舟自載，一舟置賓，一舟貯飲饌。……逢奇遇興，則窮其景物，興盡而行。……吴越之士，號爲水仙。」《詩稿》卷六十三《舟中作》詩：「煙波四萬八千頃，造物推排作水仙。」又卷七十六《書興》詩：「湖橋酒美能來醉，一棹何妨作水仙。」

〔湘湖〕《詩稿》卷十七《雨中排悶》詩自注：「湘湖在蕭山縣，蓴菜絶奇。」又卷十九《寒夜移疾》詩自注：「湘湖在蕭山縣，産蓴絶美。」

〔梅山〕見前《好事近》（揮手上西峯）「梅仙山」注。

【編年】

淳熙十四年冬作，時務觀在嚴州。

鵲橋仙

華燈縱博，雕鞍馳射，誰記當年豪舉。酒徒一半取封侯，獨去作江邊漁父。　輕舟八尺，低篷三扇，占斷蘋洲煙雨。鏡湖元自屬閒人，又何必官家賜與！

【校】

《中興以來絶妙詞選》卷二調下題作「感舊」。

〔一半〕均作「一二」。

〔官家〕均作「君恩」。

【箋注】

〔華燈三句〕《詩稿》卷二十五《九月一日夜讀詩稿有感走筆作歌》詩：「四十從戎駐南鄭，酣宴軍中夜連日。打毬築場一千步，閱馬列廐三萬匹。華燈縱博聲滿樓，寶釵豔舞光照席。琵琶絃急冰雹亂，羯鼓手勾風雨疾。」又卷十《宿魚梁驛五鼓起行有感》（第一）詩：「憶從南鄭客成都，身健官閒一事無。分騎霜天伐狐兔，張燈雪夜擲梟盧。」

〔酒徒〕《史記》卷九十七《酈生陸賈列傳》：「酈生瞋目案劍叱使者曰：『走，復入言沛公！吾高陽酒徒也，非儒人也。』」

〔占斷〕《詩詞曲語辭匯釋》卷三：「占斷，猶云占盡或占住。」

〔鏡湖二句〕《新唐書》卷一百九十六《賀知章傳》：「天寶初，病，夢遊帝居。數日寤，乃請爲道士，還鄉里。詔許之，以宅爲千秋觀而居。又求周宫湖數頃爲放生池，有詔賜鏡湖剡川一曲。」

【附録】

徐釚《詞苑叢談》卷七：陸放翁恃酒頹放。一夕夢故人語曰：「我爲蓮花博士，鏡湖新置官也。」陸遂賦《鵲橋仙》感舊詞云：「華燈縱博，雕鞍馳射，誰記當年豪舉。酒徒一半取封侯，獨去作、江邊漁父。輕舟八尺，低篷三扇，占斷蘋洲煙雨。鏡湖元自屬閒人，又何必、官家賜與。」陸官臨安時，有「小樓一夜聽春雨，深巷明朝賣杏花」之句，傳入禁中，極爲思陵稱賞。

張宗橚《詞林紀事》卷十一：橚按：趙章泉梅課：嘉泰壬戌九月，陸放翁夢一故人，相語曰：「我爲蓮花博士，鏡湖新置官也。我去矣，君能暫爲之乎？月得酒千壺，亦不惡也。」遂以詩紀之。菊莊芟去「趙章泉梅課」五字，竟作此詞本事，乃云：陸遂賦《鵲橋》感舊詞一闋，未免貽誤後人。又按《能改齋漫録》，會稽鑑湖，今避廟諱，本謂鏡湖耳。王逸少云：「山陰路上行，如在鏡中游。」名始羲之，則知湖以如鏡得名，無可疑者。任昉《述異記》以爲始軒轅氏鑄鏡湖旁，因得名。恐或不然。

【輯評】

楊慎《詞品》卷五：放翁詞纖麗處似淮海，雄慨處似東坡。其感舊《鵲橋仙》一首：「華燈縱博，雕鞍馳射，誰記當年豪舉。酒徒一半取封侯，獨去作、江邊漁父。輕舟八尺，低篷三扇，占斷蘋洲煙雨。鏡湖元自屬閒人，又何必、官家賜與。」英氣可掬，流落亦可惜矣。其「墜鞭京洛，解珮瀟湘。欲歸時，司空笑問，漸近處，丞相嗔狂」，真不減少游。

卓人月、徐士俊《古今詞統》卷八：才子來蹤去迹，自然與人不同。陸務觀母夢秦少游而生，故名其字而字其名。初調官臨安，有詩云：「小樓一夜聽春雨，深巷明朝賣杏花。」傳入禁中，思陵稱賞，由是知名。韓平原嘗招致之，所作《南園》、《閱古泉》二記，時雖稱頌，而有規勸之意。故平原敗，得免於禍。恃酒頹放，自號放翁。一夕，夢故人相語曰：「我爲蓮花博士，鏡湖新置官也。我去矣，君能暫爲之乎？月得酒千壺，亦不惡也。」遂以詩記之曰：「白首歸修汗簡書，每因囊粟歎侏儒。不知月給千壺酒，得似蓮花博士無。」

先著、程洪《詞潔輯評》卷二：詞之初起，事不出於閨帷、時序，其後有贈送、有寫懷、有詠物，其途遂寬。即宋人亦各競所長，不主一轍。而今之治詞者，惟以鄙穢褻媟爲極，抑何謬與。

厲鶚《南宋雜事詩》之六八：白首修書局正開，洞微能識我重來。一囊粟抵千壺酒，自有蓮花博士才。

江昱《松泉詩集》卷一《論詞十八首》之九：蓮花博士浣鉛華，風味蕭疎別一家。便使時時掉書袋，也勝康柳逐淫黿。

許昂霄《詞綜偶評》：（「酒徒一半取封侯，獨去作江邊漁父」）感憤語妙，以蘊藉出之。結句翻用賀知章事，而感慨意即寓其中。

陳廷焯《詞則·別調集》卷二：怨壯語亦是安分語。

又

一竿風月，一蓑煙雨，家在釣臺西住。賣魚生怕近城門，況肯到紅塵深處。　潮生理櫂，潮平繫纜，潮落浩歌歸去。時人錯把比嚴光，我自是無名漁父。

【校】

案此首《草堂詩餘新集》卷二誤作明無名氏詞。《古今別腸詞》卷二誤作楊繼盛詞。

【箋注】

〔釣臺〕《輿地紀勝》卷八：「嚴子陵釣臺。《元和郡縣志》：『在桐廬縣西三十里，浙江北岸。』《通典》：『桐廬縣下有嚴子陵釣臺。』又《圖經》云：『在桐廬縣。景祐初，范文正公建祠，東西二臺。祠中繪子陵像，附以方干處士。』」《渭南文集》卷十七《煙艇記》：「予少而多病，自計不能效尺寸之用於斯世，蓋嘗慨然有江湖之思，而饑寒妻子之累，劫而留之，則寄其趣于煙波洲島蒼茫杳靄之間，未嘗一日忘也。使加數年，男勝鉏犁，女任紡績，衣食麤足，然後得一葉之舟，伐荻釣魚而賣芰芡，入松陵，上嚴瀨，歷石門、沃洲，而還泊于玉笥之下，醉則散髮扣舷爲吴歌，顧不樂哉！」所記乃晚年心境。

〔嚴光〕《後漢書》卷八十三《嚴光傳》：「嚴光，字子陵，一名遵，會稽餘姚人也。少有高名，與光武同遊學。及光武即位，乃變名姓，隱身不見。帝思其賢，乃令以物色訪之。後齊國上言有一男子，披羊裘釣澤中。帝疑其光，乃備安車玄纁，遣使聘之，三反而後至。……除爲諫議大夫，不屈，乃耕於富春山。後人名其釣處爲嚴陵瀨焉。」

【編年】

右二詞作于同時。第二首有「家在釣臺西住」之句，或者嚴州作，姑列于此。

【輯評】

陳廷焯《詞則·大雅集》卷三：寓意。

沈雄《古今詞話·詞辨》上卷：《詞綜》載：「一竿風雪，一蓑煙雨，家在釣臺西住。賣魚生怕近城門，豈向紅塵深處。潮來解纜，潮平舉棹，潮落放歌歸去。旁人錯比做嚴光，自是無名漁父。」《梅苑》所載宋無名氏詞。疑放翁所作，而集中不載。細味卒章，真是高隱之筆。

梁啓超《飲冰室評詞》：當有所指。

俞陛雲《唐五代兩宋詞選釋》：首三句如題之量。「怕近城門」二句未必實有其事，而可見託想之高，憤世嫉俗者，每有此想。「潮生」三句描寫江海浮家之情事，句法纍如貫珠。「無名漁父」四字尤妙，覺煙波釣徒之號，猶著色相也。《漁父》詞以張志和數首爲最著，此作可奪席矣。

長相思

雲千重，水千重，身在千重雲水中。月明收釣筒。　　頭未童，耳未聾，得酒猶能雙臉紅。一尊誰與同？

【箋注】

〔釣筒〕陸龜蒙《漁具詩序》：「緡而竿者，總謂之筌。筌之流，曰筒，曰車。」

〔頭未童〕韓愈《進學解》：「頭童齒豁。」

又

橋如虹，水如空，一葉飄然煙雨中。天教稱放翁。　　側船篷，使江風，蟹舍參差漁市東。到時聞暮鐘。

【箋注】

〔稱放翁〕《宋史》本傳：「人譏其頹放，因自號放翁。」《詩稿》卷七《和范待制秋興》詩：「名姓已甘黃紙外，光陰全付緑尊中。門前剥啄誰相覓，賀我今年號放翁。」

〔蟹舍〕張志和《漁歌》：「松江蟹舍主人歡，菰飯蓴羹亦共餐。」

【輯評】

羅大經《鶴林玉露》甲編卷四：陸務觀，農師之孫，有詩名。壽皇嘗謂周益公曰：「今世詩人亦有如李太白者乎？」益公因薦務觀，由是擢用，賜出身爲南宫舍人。嘗從范石湖辟入蜀，故其詩號《劍南集》，多豪麗語，言征伐恢復事。其《題俠客圖》云：「趙魏胡塵十丈黄，遺民膏血飽豺狼。功名不遣斯人了，無奈和戎白面郎。」壽皇讀之，爲之太息。臺評劾其恃酒頽放，因自號「放翁」。作詞云：「橋如虹，水如空，一葉飄然細雨中，天教稱放翁。」晚年爲韓平原作《南園記》，除從官。楊誠齋寄詩云：「君居東浙我江西，鏡裏新添幾縷絲。花落六回疎信息，月明千里兩相思。不應李杜翻鯨海，更羡夔龍集鳳池。道是樊川輕薄殺，猶將萬户比千詩。」蓋切磋之意也。然《南園記》唯勉以忠獻之事業，無諛辭。晚年詩和平粹美，有中原承平時氣象，朱文公喜稱之。

又

面蒼然，鬢皤然，滿腹詩書不值錢。官閒常晝眠。　畫凌煙，上甘泉，自古功名屬少年。知心惟杜鵑。

【箋注】

〔畫凌煙〕見前《青玉案》（西風挾雨聲翻浪）「凌煙像」注。

〔上甘泉〕《漢書》卷八十七《揚雄傳》：「孝成帝時，客有薦雄文似相如者。上方郊祀甘泉、泰畤、汾陰、后土，以求繼嗣，召雄待詔承明之庭。正月，從上甘泉。還奏《甘泉賦》以風。」

〔自古句〕杜甫《乾元中寓居同谷縣作歌七首》（第七）詩：「長安卿相多少年，富貴應須致身早。」

又

暮山青，暮霞明，夢筆橋頭艇子橫。蘋風吹酒醒。　看潮生，看潮平，小住西陵莫較程。蓴絲初可烹。

【箋注】

〔夢筆橋〕《文集》卷四十三《入蜀記》：「至蕭山縣，憩夢筆驛。驛在覺苑寺旁，世傳寺乃江文通舊居也。」《嘉泰會稽志》卷四：「蕭山縣有夢筆驛，在縣東北百三十步。」橋當在驛旁。

〔西陵〕即西興，見前《柳梢青》（十載江湖）「西興」注。

又

悟浮生，厭浮名，回視千鍾一髪輕。從今心太平。　愛松聲，愛泉聲，寫向孤桐誰解聽。空江秋月明。

【箋注】

〔千鍾〕見前《破陣子》（仕至千鍾良易）「千鍾」注。

〔心太平〕見前《破陣子》（看破空花塵世）「身閒心太平」注。

〔孤桐〕謂琴。

【編年】

明倪濤《六藝之一録》卷三百九十二，有務觀自書此《長相思》詞五闋，末署「淳熙戊申八月下澣笠澤陸游書」。淳熙戊申即淳熙十五年，時務觀嚴州任滿，已于七月十日返抵山陰。

鷓鴣天

杖屨尋春苦未遲，洛城櫻筍正當時。三千界外歸初到，五百年前事總知。　吹玉笛，渡清伊，相逢休問姓名誰。小車處士深衣叟，曾是天津共賦詩。

【箋注】

〔櫻筍〕《歲時廣記》卷二：「《唐輦下歲時記》：『四月十五日，自堂廚至百司廚，通謂之櫻筍廚。』又韓偓《櫻桃》詩注云：『秦中以三月爲櫻筍時。』陳後山詩云：『春事無多櫻筍來。』又古詞云：『水竹舊院落，櫻筍新蔬果。（案：此周邦彦《浣溪沙慢》句也。）』」

〔三千界〕佛家以爲人所住世界，合小世界一千則爲小千世界，合小千世界一千則爲中千世界，合中千世界一千則爲大千世界，總稱三千世界，亦稱三千大千世界。見《智度論》及《俱舍論》。

〔五百年前句〕《搜神記》卷一：「薊子訓，不知所從來。東漢時，到洛陽，見公卿數十處，皆持斗酒片脯候之，曰：『遠來無所有，示致微意。』坐上數百人，飲啖終日不盡。去後，皆見白雲起，從旦至暮。時有百歲公説：小兒時見訓賣藥會稽市，顔色如此。訓不樂住洛，遂遁去。正始中，有人於長安東霸城，見與一老公共摩挲銅人，相謂曰：『適見鑄此，已近五百歲矣。』見者呼之曰：『薊先生少住。』並行應之。視若遲徐，而走馬不及。」

〔小車二句〕《宋史》卷四百二十七《邵雍傳》：「出則乘小車，一人挽之，惟意所適。」宋邵伯温《河南邵氏聞見録》卷十八：「（司馬光）一日登崇德閣，約康節（邵雍）久未至，有詩曰：『淡日濃雲合復開，碧伊清洛遠縈迴。林間高閣望已久，花外小車猶未來。』康節和云：『君家梁上年時燕，過社今年尚未迴。謂罰誤君凝竚久，萬花深處小車來。』」又卷十九：「司馬温公依《禮記》作深衣，冠簪幅巾縉帶，每出朝服乘馬，用皮匣貯深衣隨其後，入獨樂園則衣之。」天津橋，在洛陽縣西南洛水之上。邵雍宅於橋南，有水竹花木之勝。

【編年】

淳熙十五年冬，務觀除軍器少監，入都。十六年二月，光宗即位，除朝議大夫禮部郎中。此詞皆用洛城故實，或即作于是年春。

南鄉子

早歲入皇州，罇酒相逢盡勝流。三十年來真一夢，堪愁，客路蕭蕭兩鬢秋。　蓬嶠偶重遊，不待人嘲我自羞。看鏡倚樓俱已矣，扁舟，月笛煙蓑萬事休。

【箋注】

〔早歲句〕《詩稿》卷十五《燈籠》詩：「我年十六游名場。」又卷五十二《武林》詩自注：「紹興癸亥，予年十九，以試南省來臨安。」

〔蓬嶠〕謂學士院。

〔看鏡倚樓〕杜甫《江上》詩：「勳業頻看鏡，行藏獨倚樓。」

【編年】

淳熙十六年七月，務觀以禮部郎中兼實録院檢討官。詞云：「蓬嶠偶重遊」，當作于此時。上距紹興三十二年務觀爲樞密院編修官兼編類聖政所檢討官已三十五年，故又有「三十年來真一夢」之語。

謝池春

壯歲從戎，曾是氣吞殘虜。陣雲高、狼煙夜舉。朱顔青鬢，擁雕戈西戍。笑儒冠自來多誤。　功名夢斷，却泛扁舟吴楚。漫悲歌、傷懷弔古。煙波無際，望秦關何處？歎流年又成虛度！

【校】

〔狼煙〕均作「狼烽」。

【箋注】

〔狼煙〕唐段成式《酉陽雜俎·毛篇·狼》：「狼糞煙直上，烽火用之。」宋錢易《南部新書》辛：「凡邊疆放火號，常用狼糞燒之以爲煙。煙氣直上，雖冽風吹之不斜，烽火常用此，故爲候，曰狼煙也。」

〔笑儒冠句〕杜甫《奉贈韋左丞丈二十二韻》詩：「紈袴不餓死，儒冠多誤身。」

又

賀監湖邊，初繫放翁歸櫂。小園林、時時醉倒。春眠驚起，聽啼鶯催曉。歎功名誤人堪笑。朱橋翠徑，不許京塵飛到。掛朝衣、東歸欠早。連宵風雨，捲殘紅如掃。恨樽前送春人老。

【校】

〔櫂〕均作「棹」。

【箋注】

〔賀監湖〕即鏡湖。唐玄宗曾以鏡湖一曲賜賀知章，故有此稱。見前《鵲橋仙》（華燈縱博）「鏡湖二句」注。

〔春眠二句〕孟浩然《春曉》詩：「春眠不覺曉，處處聞啼鳥。」

〔掛朝衣〕《南史》卷七十六《陶弘景傳》：「永明十年，脱朝服挂神虎門，上表辭禄。」

又

七十衰翁，不減少年豪氣。似天山、淒涼病驥。銅駝荆棘，灑臨風清淚。甚情懷伴人兒戲。

如今何幸，作箇故谿歸計。鶴飛來、晴嵐暖翠。玉壺春酒，約羣僊同醉。洞天寒露桃開未？

【校】

〔僊〕四部叢刊本誤作「倦」。

【箋注】

〔似天山句〕《詩稿》卷三十五《雨夜讀書》（第二）詩：「君看病驥瘦露骨，不思仗下思天山。」

〔銅駝荆棘〕見前《洞庭春色》（壯歲文章）「棘暗銅駝」注。

〔兒戲〕《史記》卷五十七《絳侯世家》：「文帝曰：『曩者霸上、棘門軍，若兒戲耳！』」

【編年】

右三詞當作于同時。末首有「七十衰翁」之語，當七十前後之作。紹熙五年，務觀七十歲，故暫列于此。

【輯評】

卓人月、徐士俊《古今詞統》卷十：前半「眇矣愁予」，後半「嗒焉喪我」。

斷句

飛上錦裀紅縐。

【編年】

宋葉紹翁《四朝聞見録》乙集：「（務觀）官已階中大夫，遂致其仕，誓不復出。韓侂胄固欲其出，落致仕，除次對，公勉爲之出。韓喜陸附己，至出所愛四夫人，擘阮琴起舞，索公爲詞，有『飛上錦裀紅縐』之語。又命公酌青衣泉。旁有唐開成道士題名。韓求陸記，記極精古，且以坐客皆不能盡一瓢，惟游盡勺。且謂挂冠復出，不惟有愧于斯泉，且有愧于開成道士云。」案務觀《閲古泉記》（見《逸稿》卷上）文末署「嘉泰三年四月乙巳山陰陸游記」。詞當亦是年春作。

【輯評】

吴衡照《蓮子居詞話》卷一：詞不全而並亡調名者，唐杜牧「正銷魂梧桐又移翠陰」，吴越王錢俶「金鳳欲飛遭掣搦，情脈脈，行即玉樓雲雨隔」，南唐潘佑「樓上春寒花四面，桃李不須誇爛漫，已失了東風一半」，宋陸游「飛上錦裀紅縐」，王安石妻吴國夫人「待得明年重把酒，攜手，那知無雨又無風」。趙昱《南宋雜事詩》之四八：掖垣清職棄如遺，片石休嗟瘞草時。不敵四夫人擘阮，錦裀如縐索新詞。

（不編年）

鷓鴣天

梳髮金盤剩一窩，畫眉鸞鏡暈雙蛾。人間何處無春到，只有伊家獨佔多。　微步處，奈嬌何，春衫初换麴塵羅。東鄰鬬草歸來晚，忘却新傳《子夜歌》。

【箋注】

〔微步〕曹植《洛神賦》：「陵波微步，羅韈生塵。」

〔麴塵羅〕《周禮·天官·内司服》鄭玄注：「鞠衣，黄桑服也，色如鞠塵，象桑葉始生。」牛嶠《柳枝詞》：「舞裙新染麴塵羅。」

〔鬬草〕《荆楚歲時記》：「五月五日，四民並踏百草，又有鬬百草之戲。」晏殊《破陣子》詞：「巧笑東鄰女伴，採桑徑裏逢迎。疑怪昨宵春夢好，元是今朝鬬草贏，笑從雙臉生。」

〔子夜歌〕《樂府詩集》卷四十四：「《唐書·樂志》曰：『《子夜歌》者，晉曲也。晉有女子名子夜，造此聲，聲過哀苦。』……《樂府解題》曰：『後人更爲四時行樂之詞，謂之《子夜四時歌》，又有《大子夜歌》、《子夜警歌》、《子夜變歌》，皆曲之變也。』」

【輯評】

賀裳《皺水軒詞筌》：《鷓鴣天》最多佳辭，《草堂》所載，無一善者。如陸放翁「東鄰鬬草歸來晚，忘卻新傳子夜歌」，趙德麟「須知月色撩人眼，數夜春寒不下階」，姜白石元夕不出「芙蓉影暗三更後，卧聽鄰娃笑語歸」，鬆鬆有詩人之致，選不之及，何也？ 向伯恭詠鞦韆曰：「霞衣輕舉疑奔月，寶髻傾攲若墜樓。」追琢工致，絕似楊、劉詩體。宋詞多佳，而詩不逮者，亦其力有所分也。

按以下諸詞，作年皆莫考，無可繫屬，故併列于此。序次悉依本集。

朝中措　梅

幽姿不入少年場，無語只淒涼。一箇飄零身世，十分冷淡心腸。　江頭月底，新詩舊夢，孤恨清香。任是春風不管，也曾先識東皇。

【校】

四部叢刊本調下無題。

【箋注】

〔東皇〕《尚書緯》：「春爲東皇，又爲青帝。」

【輯評】

潘游龍《古今詩餘醉》卷十三：全是借梅寫照，前疊妙無可贊。

劉體仁《七頌堂詞繹》：詠物至詞，更難於詩。即「昭君不慣風沙遠，但暗憶江南江北」，亦費解。放翁「一個飄零身世，十分冷淡心腸」，全首比興，乃更遒逸。

俞陛雲《唐五代兩宋詞選釋》：首二句詠花而見本意，餘皆借梅自喻，飄零孤恨，其冷淡絶似寒梅。但梅花雖未逮穠春，而東皇先識，勝於百花，僅有江上芙蓉，一生未見春風者。放翁受知于孝宗，褒其多聞力學，授樞密院編修。雖出知外州，書生遭際，勝於槁項牖下多矣。故其結句自傷亦自慰也。

又

鼕鼕儺鼓餞流年，燭焰動金船。綵燕難尋前夢，酥花空點春妍。文園謝病，蘭成久旅，回首淒然。明月梅山笛夜，和風禹廟鶯天。

【箋注】

〔儺鼓〕《吕氏春秋·季冬》：「命有司大儺。」漢高誘注：「大儺，逐盡陰氣爲陽導也。今人歲臘前一日，擊鼓驅疫，謂之逐除是也。」

〔金船〕見前《漢宮春》（浪迹人間）「金船」注。

〔綵燕〕《荆楚歲時記》：「立春之日，悉翦綵爲燕戴之，帖宜春二字。」冷朝陽《立春》詩：「綵燕表年春。」

〔酥花〕《歲時廣記》卷八引《復雅歌詞》：「熙寧八年乙卯，楊繪在翰林，十二月立春日，肆筵設滴酥花。」

〔文園〕漢司馬相如拜爲孝文園令，後病免，家居茂陵。見《史記·司馬相如傳》。杜甫《贈李祕書別三十韻》詩：「文園多病後。」

〔蘭成〕庾信小字。庾信自南入北，被西魏留仕不返，常有鄉關之思，作《哀江南賦》。見《北史·庾信傳》。

〔梅山〕見前《好事近》（揮袖上西峯）「梅仙山」注。

〔禹廟〕《輿地紀勝》卷十：「禹廟，在會稽東南十二里。」《詩稿》卷三十三《病後往來湖山間戲書》詩自注：「禹祠，在吾廬東南十餘里。」又卷一《上巳臨川道中》詩：「紅蕖緑芰梅山下，白塔朱樓禹廟邊。」

秋波媚

曾散天花蕊珠宮，一念墮塵中。鉛華洗盡，珠璣不御，道骨仙風。　東遊我醉騎鯨去，君駕素鸞從。垂虹看月，天台采藥，更與誰同？

【箋注】

〔曾散天花〕《維摩詰經·問疾品》：「維摩詰以身疾，廣爲説法。佛告文殊師利：『汝詣問疾。』時維摩室中有一天女，見諸天人聞所説法，便現其身，即以天花散諸菩薩大弟子上。花至諸菩薩即皆墮落，至大弟子便著不墮。天女曰：『結習未盡，故花著身。』」

〔蕊珠宫〕見前《烏夜啼》（我校丹臺玉字）「蕊殿」注。

〔一念墮塵中〕陳鴻《長恨歌傳》：「由此一念，又不得居此，復墮下界。」《詩稿》卷六十一《夢中作》詩：「華山敷水本閑人，一念無端墮世塵。」

〔鉛華洗盡〕曹植《洛神賦》：「芳澤無加，鉛華不御。」周邦彦《花犯》詞：「疑凈洗鉛華，無限佳麗。」

〔道骨仙風〕李白《大鵬賦序》：「余昔于江陵，見天台司馬子微，謂余有仙風道骨，可與神遊八極之表。」

〔騎鯨〕杜甫《送孔巢父謝病歸遊江東兼呈李白》：「若逢李白騎鯨魚。」

〔垂虹看月〕范成大《吴郡志》卷十七：「利往橋，即吴江長橋也。慶曆八年，縣尉王廷堅所建，有亭曰垂虹，而世併以名橋。《續圖經》云：『東西千餘尺，前臨太湖、洞庭三山，横跨松江。行者晃漾天光水色中，海内絶景，唯遊者自知之，不可以筆舌形容也。』垂虹亭，兵火後復創。亭前樂軒，已不復立。」《詩稿》卷五《月夕》詩：「我昔隱天台，夜半遊句曲。弄月過垂虹，萬頃一片玉。」

〔天台采藥〕天台山，在浙江省天台縣北。蘇軾《秀州報本禪院鄉僧文長老方丈》詩：「明年采藥天台去，更欲題詩滿浙東。」《詩稿》卷八《天台院有小閣下臨官道予爲名曰玉霄》詩自注：「予所領崇道觀，蓋在天台山中玉霄峯下。」又卷七十六《幽居記今昔事十首以詩書從宿好林園無俗情爲韻》（第三）詩：「我昔揮短楫，終年釣吴松。亦嘗攜長鑱，采藥玉霄峯。」

采桑子

寶釵樓上粧梳晚，嬾上鞦韆，閒撥沈煙，金縷衣寬睡髻偏。　鱗鴻不寄遼東信，又是經年，彈淚花前，愁入春風十四絃。

【箋注】

〔寶釵樓〕《詩稿》卷十三《對酒》詩自注：「寶釵樓，咸陽旗亭也。」按此處泛指妓樓。

〔沈煙〕沈水香，見前《太平時》（竹裏房櫳一徑深）「海南沈」注。

〔金縷衣〕杜牧《杜秋娘詩》自注：「『勸君莫惜金縷衣，勸君須惜少年時。花開堪折直須折，莫待無花空折枝。』李錡長唱此辭。」

〔睡髻偏〕白居易《長恨歌》：「雲髻半偏新睡覺。」

〔鱗鴻句〕鱗鴻，魚雁也。遼東，泛指邊地。白居易《閨婦》詩：「遼陽春盡無消息，夜合花前日又西。」

〔十四絃〕《宋史》卷一百三十一《樂志六》：「下宮調又有中管倍五者，有曰羌笛、孤笛，曰雙韻、十四絃，以意裁聲，不合正律。」宋高觀國《南鄉子》詞「賦十四絃」：「直柱倚冰絃，曾見胡兒馬上彈。却笑琵琶風韻古，濺濺，想像湘妃水一簾。　塞恨曲中傳，兩摺琴絲費玉纖。不似江南風月好，厭厭，拍手齊看舞袖邊。」

【輯評】

許昂霄《詞綜偶評》：體格仿佛《花間》，但味較薄耳。南宋小令佳者，大抵皆然。

陳廷焯《詞則·大雅集》卷三：放翁詞疾在一瀉無餘，似此婉雅閑麗而不可多得也。

俞陛雲《唐五代兩宋詞選釋》：放翁詞多放筆爲直幹。此詞獨頓挫含蓄，從彼美一面著想，不涉歡愁迹象，而含凄無限，結句尤餘韻悠然，集中所稀有也。

卜算子　詠梅

驛外斷橋邊，寂寞開無主。已是黄昏獨自愁，更著風和雨。　無意苦争春，一任羣芳妒。零落成泥碾作塵，只有香如故。

【箋注】

〔零落二句〕《詩稿》卷四《言懷》詩：「蘭碎作香塵，竹裂成真紋，炎火熾崑岡，美玉不受焚。」

【輯評】

卓人月、徐士俊《古今詞統》卷四：想見勁節。

潘游龍《古今詩餘醉》卷十三：末二句大爲梅譽。

錢允治《類編箋釋續選草堂詩餘》卷上：言梅雖零落，而香不替如初，豈群芳所能妒乎？

沁園春

一別秦樓，轉眼新春，又近放燈。憶盈盈倩笑，纖纖柔握；玉香花語，雪暖酥凝。念遠愁腸，傷春病思，自怪平生殊未曾。君知否？漸香消蜀錦，淚漬吴綾。　難求繫日長繩，況倦客飄零少舊朋。但江郊雁起，漁村笛怨；寒釭委燼，孤硯生冰。水繞山圍，煙昏雲慘，縱有高臺常怯登。消魂處，是魚箋不到，蘭夢無憑。

【校】

《中興以來絶妙詞選》卷二調下題作「別恨」。

【箋注】

〔秦樓〕秦樓楚館，皆謂妓院。

〔放燈〕宋趙令畤《侯鯖録》：「京師上元舊例，放燈三夕。」

〔倩笑〕《詩經·衛風·碩人》：「巧笑倩兮。」

〔柔握〕陶淵明《閑情賦》：「願在竹而爲扇，含淒飆于柔握。」

〔蜀錦〕元費著《蜀錦譜》：「蜀以錦擅名天下，故城名以錦官，江名以濯錦。而《蜀都賦》云：『貝錦斐成，濯色江波。』《游蜀記》云：『成都有九璧村，出美錦，歲充貢。』渡江以後，外攘之務，十倍承平。建炎三年，都大茶馬司始織造錦綾被褥，折支黎州等處馬價。」

〔吴綾〕《新唐書》卷四十一《地理志》：「明州餘姚郡，土貢吴綾。」

〔魚箋〕宋蘇易簡《文房四譜》卷四：「（蜀人）又以細布，先以麫漿膠令勁挺，隱出其文者，謂之魚子箋，又謂之羅箋，今剡溪亦有焉。」羊士諤《寄江陵韓少尹》詩：「蜀國魚箋數行字，憶君秋夢過南塘。」

【輯評】

卓人月、徐士俊《古今詞統》卷十五：雪曰「香」，玉曰「暖」，啜腴搴芳。押「曾」字妙。

憶秦娥

玉花驄，晚街金轡聲璁瓏。聲璁瓏。閒欹烏帽，又過城東。富春巷陌花重重，千金沽酒酬春風。酬春風。笙歌圍裏，錦繡叢中。

【校】

〔憶秦娥〕汲古閣本作《秦樓月》。

【箋注】

〔玉花驄〕駿馬名。杜甫《丹青引贈曹將軍霸》詩：「先帝御馬玉花驄。」

〔金韂〕杜甫《送從弟亞赴河西判官》詩：「快馬金纏韂。」

〔璁瓏〕貫休《馬上作》詩：「柳岸花堤夕照紅，風清襟袖韂璁瓏。」

〔烏帽〕《隋書》卷十二《禮儀七》：「帽，古野人之服也。案宋齊之間，天子宴私，著白高帽，士庶以烏。」宋邵伯温《河南邵氏聞見録》卷十九：「始爲隱者之服，烏帽縚褐，見卿相不易也。」

月上海棠

蘭房繡户厭厭病，歎春酲和悶甚時醒？燕子空歸，幾曾傳玉關邊信。傷心處，獨展團窠瑞錦。　熏籠消歇沈煙冷，淚痕深，展轉看花影。漫擁餘香，怎禁他峭寒孤枕！西窗曉，幾聲銀瓶玉井。

【箋注】

〔玉關〕玉門關，在今甘肅省玉門縣東。此處泛指邊地。

〔團窠瑞錦〕錦名。《詩稿》卷三十二《齋中雜題》(第一)詩：「閑將西蜀團窠錦，自背南唐落墨花。」

〔熏籠〕熏爐覆籠，用以熏衣。白居易《薔薇》詩：「熏籠斜搭繡衣裳。」

〔銀瓶〕汲水器。白居易《井底引銀瓶》詩：「井底引銀瓶，銀瓶欲上絲繩絶。」

烏夜啼

金鴨餘香尚暖，緑窗斜日偏明。蘭膏香染雲鬟膩，釵墜滑無聲。　冷落鞦韆伴侶，闌珊打馬心情。繡屏驚斷瀟湘夢，花外一聲鶯。

【校】

〔釵墜〕宋趙聞禮《陽春白雪》卷三作「釵溜」。

【箋注】

〔金鴨〕見前《滿江紅》(危堞朱欄)「金鴨」注。

〔蘭膏〕《楚辭·招魂》：「蘭膏明燭，華容備些。」漢王逸注：「蘭膏，以蘭香煉膏也。」

〔釵墜滑無聲〕李賀《美人梳頭歌》：「一編香絲雲撒地，玉釵落處無聲膩。」

〔打馬〕宋時閨房戲具。李清照《打馬圖經自序》：「按打馬世有二種：一種一將十馬者，謂之關西馬；

一種無將二十馬者，謂之依經馬。流傳既久，各有圖經凡例可考，行移賞罰，互有同異。又宣和間人取二種馬，參雜加減，大約交加僥倖，古意盡矣，所謂宣和馬是也。」

【輯評】

張德瀛《詞徵》卷五：陸放翁《烏夜啼》詞「闌珊打馬心情」。打馬世有二種，一種一將十馬，謂之關西馬。一種無將二十四馬者，謂之依經馬。宣和間人取二種馬參雜加減，又謂之宣和馬。李易安《打馬賦》及所著《圖經》，言其情狀甚悉。（圖中所列蓋依經馬。）南宋時此風尤盛。至明中葉，遂有走馬之戲，其製略與宋異，今俱廢矣。

真珠簾

山村水館參差路，感羈遊、正似殘春風絮。掠地穿簾，知是竟歸何處？鏡裏新霜空自憫，問幾時鸞臺鼇署？遲暮，謾憑高懷遠，書空獨語。　自古儒冠多誤，悔當年、早不扁舟歸去。醉下白蘋洲，看夕陽鷗鷺。菰菜鱸魚都棄了，只換得青衫塵土。休顧，早收身江上，一蓑煙雨。

【校】

《中興以來絶妙詞選》卷二調下題作「羈遊有感」。

〔掠地〕《絕妙詞選》下有「復」字。

〔知是〕《絕妙詞選》作「必」。

〔懷遠〕《絕妙詞選》作「竚立」。

〔自古〕《絕妙詞選》作「自昔」。

〔扁舟〕《絕妙詞選》作「抽身」。

〔菰菜〕《絕妙詞選》作「蓴菜」。

〔收身〕《絕妙詞選》作「扁舟」。

【箋注】

〔鸞臺〕見前《感皇恩》(春色到人間)「鳳閣鸞臺」注。

〔鰲署〕見前《鷓山溪》(元戎十乘)「鼇禁」注。

〔書空〕《晉書》卷七十七《殷浩傳》：「浩雖被黜放，口無怨言，夷神委命，談詠不輟，雖家人不見其有流放之慼。但終日書空，作『咄咄怪事』四字而已。」

〔儒冠多誤〕見前《謝池春》(壯歲從戎)「笑儒冠句」注。

〔菰菜鱸魚〕見前《雙頭蓮》(華鬢星星)「膾美二句」注。

〔一蓑煙雨〕宋俞成《螢雪叢說》卷上：「騷人於漁父則曰『一蓑煙雨』，於農夫則曰『一犂春雨』，於舟子則曰『一篙春水』，皆曲盡形容之妙也。」蘇軾《定風波》詞：「一蓑煙雨任平生。」

【輯評】

陳廷焯《詞則・放歌集》卷二：懷鄉戀闕有杜陵之忠愛，惜少稼軒之魄力耳。數語於放浪中見沈鬱，自是高境。

俞陛雲《唐五代兩宋詞選釋》：通首大意不過言羈旅無聊，亟思歸去耳。以放翁之才氣，不難奮筆疾書，乃上闋以身世託諸風絮，下闋「蘋洲」三句以隱居之絶好風景，設想在抗塵走俗之前，復歸到一簑煙雨，知詞境之頓挫勝於率直也。

安公子

風雨初經社，子規聲裏春光謝。最是無情，零落盡薔薇一架。況我今年，憔悴幽窗下。人盡怪詩酒消聲價。向藥爐經卷，忘却鶯窗柳榭。　萬事收心也，粉痕猶在香羅帕。恨月愁花，争信道如今都罷。空憶前身，便面章臺馬。因自來禁得心腸怕。縱遇歌逢酒，但説京都舊話。

【箋注】

〔社〕《月令廣義》：「立春後五戊爲春社。」

〔藥爐經卷〕蘇軾《朝雲詩》：「經卷藥爐新活計，舞衫歌扇舊因緣。」

〔便面章臺馬〕《漢書》卷七十六《張敞傳》：「敞無威儀，時罷朝會過，走馬章臺街，使御史驅，自以便面拊馬。」顏師古注：「便面，所以障面，蓋扇之類也。」

〔禁得心腸怕〕《詩詞曲語辭匯釋》卷二：「禁得，此亦牽纏義。意言從前爲鍾情之事牽纏得可怕，如今萬事收心，在歌酒場中，不敢新生鍾情之事，但説鍾情舊話以支吾一下耳。」

桃源憶故人　題華山圖

中原當日三川震，關輔回頭煨燼。淚盡兩河征鎮，日望中興運。　秋風霜滿青青鬢，老却新豐英俊。雲外華山千仞，依舊無人問。

【校】

汲古閣本調下無題。

【箋注】

〔華山圖〕《詩稿》卷七十二《秋思》（第三）詩：「一篇舊草《天台賦》，六幅新傳太華圖。」

〔三川震〕《國語·周語上》：「幽王二年，西周三川皆震。」漢韋昭注：「三川，涇、渭、洛，出于岐山也。

震,動也。地震,故三川亦動也。」

〔關輔〕關,關中也。潘岳《關中記》:「東自函關,西至隴關,二關之間,謂之關中。」輔,三輔也。《漢書》卷五《景帝紀》:「京兆尹、左馮翊、右扶風,共治長安城中,是爲三輔。」

〔兩河〕謂黄河南北。

〔征鎮〕漢、魏有東、南、西、北四征將軍及四鎮將軍,置以當方面之任,合稱征鎮。

〔中興〕《毛詩·大雅·烝民序》:「任賢使能,周室中興焉。」《宋書》卷八十五《王景文傳》:「乃遇中興之運。」

〔新豐英俊〕《新唐書》卷九十八《馬周傳》:「舍新豐逆旅,主人不之顧。周命酒一斗八升,悠然獨酌,衆異之。至長安,舍中郎將常何家。貞觀五年,詔百官言得失。何武人,不涉學。周爲條二十餘事,皆當世所切。太宗怪問何。何曰:『此非臣所能,家客馬周教臣言之。客,忠孝人也。』帝即召之。間未至,遣使者四輩敦趣。及謁見,與語,帝大悦,詔直門下省。明年,拜監察御史。」《詩稿》卷三十七《太息》(第四)詩:「關輔堂堂墮虜塵,渭城杜曲又逢春。安知今日新豐市,不有悠然獨酌人?」

〔雲外二句〕《詩稿》卷二十五《秋夜將曉出籬門迎涼有感》(第二)詩:「三萬里河東入海,五千仞嶽上摩天。遺民淚盡胡塵裏,南望王師又一年。」

極相思

江頭疎雨輕煙,寒食落花天。翻紅墜素,殘霞暗錦,一段淒然。　惆悵東君堪恨處,也不念、冷落樽前。那堪更看，漫空相趁，柳絮榆錢。

【箋注】

〔東君〕春神。

〔相趁〕何承天《纂文》：「關西以逐物爲趁。」

一叢花

樽前凝佇漫魂迷，猶恨負幽期。從來不慣傷春淚，爲伊後、滴滿羅衣。那堪更是，吹簫池館，青子緑陰時。　回廊簾影晝參差，偏共睡相宜。朝雲夢斷知何處？倩雙燕、説與相思。從今判了，十分憔悴，圖要箇人知。

【箋注】

〔凝佇〕《詩詞曲語辭匯釋》卷五：「竚爲有所企待之義，與凝字合成一辭，仍爲發怔或出神之義。」

〔青子緑陰時〕杜牧《嘆花》詩：「自是尋春去校遲，不須惆悵怨芳時。狂風落盡深紅色，緑葉成陰子滿枝。」

〔朝雲〕見前《玉蝴蝶》（倦客平生行處）「宋玉高唐」注。

〔箇人〕《詩詞曲語辭匯釋》卷三：「箇人，那人也。」

【輯評】

賀裳《皺水軒詞筌》：詞家用意極淺，然愈翻則愈妙。如周清真《滿路花》後半云：「愁如春後絮，來相接。知他那裏，争信人心切。除共天公説。不成也，還似伊無箇分別。」酷盡無聊賴之致。至陸放翁《一叢花》則云：「從今判了，十分憔悴，圖要箇人知。」其情加切矣。至孫夫人《風中柳》則更云：「別離情緒，待歸來都告。怕傷郎，又還休道。」則又進一層。然總此一意也，正如剥蕉者，轉入轉深耳。

又

仙姝天上自無雙。玉面翠蛾長。黄庭讀罷心如水，閉朱户、愁近絲簧。窗明几浄，閒臨唐帖，深炷寶奩香。　人間無藥駐流光。風雨又催涼。相逢共話清都舊，歎塵劫、生死茫茫。何如伴我，緑蓑青篛，秋晚釣瀟湘。

【箋注】

〔黄庭〕見前《鷓鴣天》（家住蒼煙落照間）「黄庭」注。

〔清都〕《列子·周穆王》：「清都紫微，鈞天廣樂，帝之所居。」

〔綠蓑青篛〕張志和《漁歌》：「青篛笠，綠蓑衣，斜風細雨不須歸。」

隔浦蓮近拍

飛花如趁燕子，直度簾櫳裏。帳掩香雲暖，金籠鸚鵡驚起。凝恨慵梳洗。粧臺畔，蘸粉纖纖指，寶釵墜。　才醒又困，㡢㡢中酒滋味。牆頭柳暗，過盡一年春事。罨畫高樓怕獨倚，千里孤舟，何處煙水。

【箋注】

〔中酒〕《漢書·樊噲傳》：「項羽既饗軍士，中酒。」顔師古注：「飲酒之中也，不醉不醒，故謂之中。」

〔罨畫〕彩畫也。宋高似孫《緯略》卷七《罨畫》：「《墨客揮犀》曰：『罨畫，今之生色也。』余嘗謂五采彰施於五服，此固生色之始也。秦韜玉詩：『花明驛路胭脂暖，山入江亭罨畫開。』盧贊元詩：『花外小樓雲罨畫，杏波晴葉退微紅。』李商隱愛義興罨畫溪者，亦以其如畫也。」

又

騎鯨雲路倒景。醉面風吹醒。笑把浮丘袂，寥然非復塵境。震澤秋萬頃。煙霏散，水面飛金鏡，露華泠。　湘妃睡起，鬟傾釵墜慵整。　臨江舞處，零亂塞鴻清影。　河漢橫斜夜漏永，人靜，吹簫同過緱嶺。

【校】

〔過緱嶺〕四部叢刊作「遇緱嶺」。

【箋注】

〔浮丘〕漢劉向《列仙傳》卷上：「王子喬者，周靈王太子晉也。好吹笙，作鳳凰鳴。遊伊洛之間，道士浮丘公接以上嵩高山。三十餘年後，求之于山上，見柏良曰：『告我家七月七日待我于緱氏山巔。』至時果乘白鶴，駐山頭。望之不得到，舉手謝時人，數日而去。亦立祠于緱氏山下，及嵩高首焉。」郭璞《游仙詩》：「左挹浮丘袖，右拍洪崖肩。」《詩稿》卷十九詩題《小齋壁間張王子喬梅子真李八百許旌陽及近時得道諸仙像每焚香對之……》。

〔震澤〕《書·禹貢》：「震澤底定。」漢孔安國注：「震澤，吴南太湖名。」

〔水面飛金鏡〕李白《渡荆門》詩：「月下飛天鏡。」

〔湘妃〕漢劉向《列女傳》卷一：「有虞二妃者，帝堯之二女也。長娥皇，次女英。……四嶽薦之（謂舜）于堯，堯乃妻以二女。……舜既嗣位，升爲天子，娥皇爲后，女英爲妃。……舜陟方死于蒼梧，號曰重華。二妃死于江湘之間，俗謂之湘君。」

〔吹簫句〕見上「浮丘」注。

【輯評】

卓人月、徐士俊《古今詞統》卷十一：似陸天池《良宵杳》一曲。

沈雄《古今詞話·詞辨》下卷：（《隔浦蓮》）《樂府解題》曰：「大石調曲，一作有近拍二字，方千里、陸放翁俱有和詞，結用二字藏韻，如放翁云『人静，吹簫同過緱嶺』意。」

昭君怨

晝永蟬聲庭院，人倦懶摇團扇。小景寫瀟湘，自生凉。　簾外蹴花雙燕，簾下有人同見。寶篆拆宫黄，炷熏香。

【箋注】

〔小景寫瀟湘〕宋沈括《夢溪筆談》卷十七：「度支員外郎宋迪工畫，尤善爲平遠山水。其得意者，有平沙雁落、遠浦帆歸、山市晴嵐、江天暮雪、洞庭秋月、瀟湘夜雨、煙寺晚鐘、漁村落照，謂之八景，好事者多傳之。」

〔蹴花雙燕〕杜甫《城西陂泛舟》詩：「燕蹴飛花落舞筵。」

〔寶篆〕《香譜》卷下：「香篆，鏤木以爲之，以範香塵爲篆文。」秦觀《海棠春》詞：「寶篆沉煙裊。」

醉落魄

江湖醉客,投杯起舞遺烏幘。三更冷翠霑衣濕。嫋嫋菱歌,催落半川月。　空花昨夢休尋覓,雲臺麟閣俱陳迹。元來只有閒難得。青史功名,天却無心惜。

【校】

〔催落〕汲古閣本作「吹落」。

【箋注】

〔冷翠霑衣濕〕王維《山中》詩:「山路元無雨,空翠濕人衣。」

〔空花〕見前《破陣子》(看破空花塵世)「空花」注。

〔雲臺〕《後漢書》卷二十二《馬武傳論》:「永平中,顯宗追感前世功臣,乃圖畫二十八將于南宫雲臺。」

〔麟閣〕見前《洞庭春色》(壯歲文章)「圖像麒麟」注。

【輯評】

卓人月、徐士俊《古今詞統》卷八:(「元來」三句)嗚呼!其無聊至矣。

上西樓 一名相見歡

江頭綠暗紅稀，燕交飛。忽到當年行處，恨依依。　灑清淚，歎人事，與心違。滿酌玉壺花露，送春歸。

【校】

汲古閣本調下無注。

〔歎〕四部叢刊本誤作「歡」。

【箋注】

〔綠暗紅稀〕韓琮《暮春送客》詩：「綠暗紅稀出鳳城。」

〔花露〕宋王楙《野客叢書》卷十七：「真州郡齋，舊有酒名，謂之花露。」《詩稿》卷六十七《林間書意》（第一）詩：「紅螺盃小傾花露。」

真珠簾

燈前月下嬉遊處，向笙歌錦繡叢中相遇。彼此知名，纔見便論心素。淺黛嬌蟬風調別，最動人、時時偷顧。歸去，想閒窗深院，調絃促柱。　樂府初翻新譜。漫裁紅點翠，閒題金縷。燕子入簾時，又一番春暮。側帽燕脂坡下過，料也記、前年崔護。休訴，待從今須與，好花爲主。

【箋注】

〔心素〕《漢書》卷五十一《鄒陽傳》：「披心腹，見情素。」

〔調絃促柱〕謝靈運《燕歌行》詩：「闢窗開幌弄秦箏，調絃促柱多哀聲。」

〔金縷〕杜牧《杜秋娘詩》：「秋持玉斝醉，與唱《金縷衣》。」

〔側帽〕《北史》卷六十一《獨孤信傳》：「信美風度，在秦州，嘗因獵日暮，馳馬入城，其帽微側。詰旦而吏人有戴帽者，咸慕信而側帽焉。」

〔燕脂坡〕蘇軾《百步洪》詩：「不學長安閭里俠，貂裘夜走胭脂坡。」明李濂《汴京遺迹志》：「胭脂坡在開封府城西北，朝暮斜暉照之如胭脂，俗呼爲紅沙岡。」

〔前年崔護〕《本事詩·情感》：「博陵崔護，清明日，獨遊都城南，得居人莊。扣門久之，有女子自門隙窺之，問曰：『誰耶？』以姓字對，曰：『尋春獨行，酒渴求飲。』女人以杯水至，開門，設牀命坐，獨倚小桃斜柯佇立，而意屬殊厚。及來歲清明日，逕往尋之，門牆如故，而已鎖扃之。因題詩曰：『去年今日此門中，人面桃花相映紅。人面秪今何處去？桃花依舊笑春風。』後數日，偶至都城南，復往尋之。有老父出曰：『君非崔護邪？吾女歸，見左扉有字，讀之，遂絶食數日而死。得非君殺之耶！』崔亦感慟，哭而祝曰：『某在斯，某在斯。』須臾開目，半日復活矣。父大喜，遂以女歸之。」（節）

風流子　一名内家嬌

佳人多命薄，初心慕德耀嫁梁鴻。記緑窗睡起，静吟閒詠，句翻離合，格變玲瓏。更乘興素紈留戲墨，纖玉撫孤桐。蟾滴夜寒，水浮微凍；鳳牋春麗，花砑輕紅。人生誰能料，堪悲處，身落柳陌花叢。空羨畫堂鸚鵡，深閉金籠。向寶鏡鸞釵，臨粧常晚；繡茵牙版，催舞還慵。腸斷市橋月笛，燈院霜鐘。

【校】

汲古閣本調下無注。

【箋注】

〔佳人多命薄〕歐陽修《再和明妃曲》：「紅顔勝人多薄命，莫怨春風當自嗟。」

〔德耀嫁梁鴻〕《後漢書》卷八十三《梁鴻傳》：「同縣孟氏有女，狀肥醜而黑，力舉石臼，擇對不嫁，至年三十。父母問其故。女曰：『欲得賢如梁伯鸞者。』鴻聞而聘之。……字之曰德曜孟光。」曜耀通。

〔離合〕梁劉勰《文心雕龍・明詩》：「離合之發，則萌于圖讖。」范文瀾注：「緯書多言卯金刀以射劉字，又當塗高射魏字（《南齊書・祥瑞志》引《尚書中候》）。黄注引圖讖（《玉函軼佚書・孝經右契》）：『孔子作《孝經》及《春秋河洛》成，告備于天，有赤虹下化爲黄玉，長三尺。上刻文云：「寶文出，劉季握。卯金刀，在軫北，字禾子，天下服。」合卯金刀爲劉，禾子爲季也。』任昉《文章緣起》：『孔融作《四言離合詩》。』」孔融《離合作郡姓名字詩》見《古文苑》。

〔纖玉撫孤桐〕纖玉謂指，孤桐謂琴。

〔蟾滴〕杜甫《贈李八祕書别三十韻》詩：「官硯玉蟾蜍。」《墨莊漫録》卷二：「禹餘糧石，形似多怪魄礧百出，或正類蝦蟆。中空，藏白粉。去其粉，可貯水作硯滴。」

〔鳳牋〕陸龜蒙《説鳳尾諾》：「鳳尾牋，當番薄縷輕，其制作精妙靡麗，而非牢固者也。」

按清陳廷焯《白雨齋詞話》卷七曰：「陸務觀《風流子》（佳人多命薄），蓋放翁傷其妻作也。詞不必高，而情極哀怨。選本皆不登此篇，惟《陽春白雪》集載之。」以此詞爲務觀傷唐氏之作，揆之詞意，殊不合，是贈妓之作無疑。

雙頭蓮

風卷征塵，堪歎處，青驄正搖金轡。客襟貯淚，漫萬點如血，憑誰持寄。佇想豔態幽情，壓江南佳麗。春正媚，怎忍長亭，匆匆頓分連理。目斷淡日平蕪，煙濃樹遠，微茫如薺。悲歡夢裏，奈倦客又是，關河千里。最苦唱徹驪歌，重遲留無計。何限事，待與丁寧，行時已醉。

【箋注】

〔江南佳麗〕謝朓《入朝曲》：「江南佳麗地。」

〔連理〕白居易《長恨歌》：「在天願作比翼鳥，在地願爲連理枝。」

〔煙濃二句〕孟浩然《秋登蘭山》詩：「天邊樹若薺。」

〔驪歌〕《漢書》卷八十八《王式傳》：「式謂歌吹諸生曰：『歌《驪駒》。』」顏師古注：「服虔曰：『逸詩篇名也，見《大戴禮》，客欲去，歌之。』文穎曰：『其辭云：「驪駒在門，僕夫具存。驪駒在路，僕夫整駕」也。』」

月照梨花　閨思

霽景風軟，煙江春漲。小閣無人，繡簾半上。花外姊妹相呼，約樗蒲。修蛾忘了章臺樣。細思一餉，感事添惆悵。胸酥臂玉消減，擬覓雙魚，倩傳書。

【校】

此詞各本未收，見《中興以來絶妙詞選》卷二。今據補。

【箋注】

〔樗蒲〕唐李肇《唐國史補》卷下：「洛陽令崔師本，又好爲古之樗蒲。其法：三分其子三百六十，限以二關，人執六馬，其骰五枚，分上爲黑，下爲白，黑者刻二爲犢，白者刻二爲雉。擲之全黑者爲盧，其采十六；二雉三黑爲雉，其采十四；二犢三白爲犢，其采十；全白爲白，其采八：四者貴采也。開爲十二，塞爲十一，塔爲五，秃爲四，撅爲三，梟爲二：六者雜采也。貴采得連擲，得打馬，得過關，餘采則否，新加進九退六兩采。」

〔修蛾句〕《漢書》卷七十六《張敞傳》：「敞無威儀，時罷朝會過，走馬章臺街，使御史驅，自以便面拊馬。又爲婦畫眉，長安中傳張京兆眉憮。」

〔一餉〕《詩詞曲語辭匯釋》卷三：「一向，指示時間之辭；有指多時者，有指暫時者。亦作一餉。」此猶云許久。

〔雙魚〕漢樂府《飲馬長城窟行》：「客從遠方來，遺我雙鯉魚。呼兒烹鯉魚，中有尺素書。」

【輯評】

魏慶之《魏慶之詞話》附録《中興詞話》：楊誠齋嘗稱陸放翁之詩敷腴，尤梁溪復稱其詩俊逸，余觀放翁之詞，尤其敷腴俊逸者也。……至於《月照梨花》一詞云：「霽景風軟，煙江春漲，小閣無人，繡簾半上。花外姊妹相呼，約摴蒲。脩蛾忘了當時樣。尋思一晌，感事添惆悵。胸酥臂玉消減，擬覓雙魚，倩傳書。」此篇雜之唐人《花間集》中，雖具眼未知烏之雌雄也。

又　閨思

悶已縈損，那堪多病。幾曲屏山，伴人晝静。梁燕催起猶慵，換熏籠。新愁舊恨何時盡？漸凋緑鬢。小雨知花信。芳箋寄與何處？繡閣珠櫳，柳陰中。

【校】

此詞各本未收，見《中興以來絶妙詞選》卷二。今據補。

【箋注】

〔損〕《詩詞曲語辭匯釋》卷三：「損，猶壞也；煞也。秦觀《河傳》詞：『悶損人，天不管。』此猶云悶煞。」

夜遊宮　宴席

宴罷珠簾半卷，畫簷外、蠟香人散。翠霧霏霏漏聲斷。倚香肩，看中庭，花影亂。　宛是高唐館，寶奩炷、麝煙初煖。璧月何妨夜夜滿。擁芳衾，恨今年，寒尚淺。

【校】

此詞各本未收，見《中興以來絕妙詞選》卷二。今據補。

【箋注】

〔高唐館〕見前《蓦山溪》（元戎十乘）詞注。

〔璧月句〕《南史》卷十二《陳張貴妃傳》：「後主每引賓客對貴妃等游宴，則使諸貴人及女學士與狎客共賦新詩，互相贈答。采其尤豔麗者，以爲曲調，被以新聲。選宮女有容色者以千百數，令習而歌之，分部迭進，持以相樂。其曲有《玉樹後庭花》、《臨春樂》等。其略云：『璧月夜夜滿，瓊樹朝朝新。』大抵所歸，皆美張貴妃、孔貴嬪之容色。」

【輯評】

賀裳《皺水軒詞筌》：詞雖宜於豔冶，亦不可流于穢褻。吾極喜康與之《滿庭芳》寒夜一闋，真所謂樂而不淫。且雖填辭小技，亦兼詞令議論敘事三者之妙。……觀此形容節次，必非狹斜曲里中人，又非望宋窺韓者之事，正希真所云「真箇憐惜」也。但受其憐惜者，亦難消受耳。放翁有句云：「璧月何妨夜夜滿。擁芳柔，恨今年寒尚淺。」此生差堪相匹。

如夢令 閨思

獨倚博山峯小，翠霧滿身飛繞。只恐學行雲，去作陽臺春曉。春曉，春曉，滿院緑楊芳草。

【校】

此詞各本未收，見《中興以來絶妙詞選》卷二。今據補。

【箋注】

〔博山〕晉葛洪《西京雜記》卷一：「又作九層博山香爐，鏤爲奇禽怪獸，窮諸靈異，皆自然運動。」宋吕大臨《考古圖》：「博山香爐者，爐象海中博山，下盤貯湯，潤氣蒸香，象海之四環，故名之。」

〔只恐二句〕見前《玉蝴蝶》（倦客平生行處）「宋玉高唐」注。

解連環

淚淹妝薄，背東風佇立，柳緜池閣。漫細字、書滿芳箋，恨釵燕箏鴻，總難憑託。風雨無情，又顛倒、綠苔紅萼。仗香醪破悶，怎禁夜闌，酒醒蕭索。　劉郎已忘故約，奈重門靜院，光景如昨。儘做它、別有留心，便不念當時，兩意初著。京兆眉殘，怎忍爲、新人梳掠。儘今生、拚了爲伊，任人道錯。

【校】

此詞各本未收，見宋趙聞禮《陽春白雪》卷三。今據補。

【箋注】

〔釵燕〕《漢武洞冥記》元鼎元年，起招仙閣，有神女留一玉釵，帝以賜趙婕妤。至昭帝時，宫人猶見此釵。黃誺欲之，明日發匣，有白燕飛升天。宫人學作此釵，因名玉燕釵，言吉祥也。

〔箏鴻〕見前《好事近》（羈雁未成歸）「羈雁二句」注。

〔劉郎〕見前《戀繡衾》（雨斷西山晚照明）「劉郎」注。

〔京兆眉〕見前《月照梨花》（霽景風軟）「修蛾」注。

後記

四十年前，予講誦杭州之江大學，屬蘇州彭重熙爲《放翁詞箋》，嘗刊布於《之江中國文學報》。二十年前，四川劉遺賢來從予於杭州大學，別去時，成《放翁詞注》。一九六三年復屬上海吴熊和增删寫定爲此編，其致力尤勤於彭、劉，故所獲亦特多。然不可没二君前導之功，爰記之如此。重熙工詞善書，不通音問數十年矣。一九八〇年八月夏承燾。

附録一　各本題跋

陸游《渭南文集》卷十四《長短句序》

雅正之樂微，乃有鄭衛之音。鄭衛雖變，然琴瑟笙磬猶在也。及變而爲燕之筑、秦之缶、胡部之琵琶箜篌，則又鄭衛之變矣。風雅頌之後，爲騷、爲賦、爲曲、爲引、爲行、爲謡、爲歌，千餘年後，乃有倚聲製辭，起於唐之季世，則其變愈薄，可勝歎哉。予少時汩於世俗，頗有所爲，晚而悔之，然漁歌菱唱，猶不能止。今絶筆已數年，念舊作終不可揜，因書其首以識吾過。淳熙己酉炊熟日，放翁自序。

毛晉《宋六十名家詞·放翁詞》跋

余家刻放翁全集，已載長短句二卷，尚逸一二調，章次亦錯見，因載訂入《名家》。楊用修云：「纖麗處似淮海，雄慨處似東坡。」予謂超爽處更似稼軒耳。古虞毛晉記。

毛斧季跋

辛亥七月二十一日鈔本校，外有《夜遊宫》一、《月照梨花》二、《如夢令》一，共四闋，見《花庵詞選》中，宜刻作拾遺。六月十三日曉刻，雨窗讀訖。

《四庫全書總目提要》卷一百九十八《放翁詞提要》

放翁詞一卷

宋陸游撰。游有《入蜀記》，已著録。《書録解題》載《放翁詞》一卷，毛晉所刊《放翁全集》，内附長短句二卷，此本亦晉所刊，又併爲一卷，乃集外别行之本。據卷末有晉跋云：「余家刻《放翁全集》，已載長短句二卷，尚逸一二調，章次亦錯見，因載訂入《名家》」云云，則較集本爲精密也。游生平精力盡於爲詩，填詞乃其餘力，故今所傳者，僅及詩集百分之一。劉克莊《後村詩話》謂其時掉書袋，要是一病。楊慎《詞品》則謂其「纖麗處似淮海，雄快處似東坡」。平心而論，游之本意，蓋欲驛騎于二家之間，故奄有其勝而皆不能造其極。要之詩人之言，終爲近雅，與詞人之冶蕩有殊，其短其長，故具在是也。葉紹翁《四朝聞見録》載韓侂胄喜游附己，至出所愛四夫人號滿頭花者索詞，有「飛上錦裀紅縐」之句，今集内不載。蓋游老而墮節，失身侂胄，爲一時清議所譏。游亦自知其誤，棄其稾而不存，《南園》、《閱古泉記》不編於《渭南集》中，亦此意也。而終不能禁當代之傳述，是亦可謂炯戒者矣。

《四庫全書簡明目録》卷二十《放翁詞提要》

宋陸游撰。填詞爲游之餘事，故所作僅及詩集百分之一。劉克莊《詩話》謂其時掉書袋要是一病，楊慎《詞品》則謂其纖麗處似淮海，雄快處似東坡。平心而論，慎評爲允矣。

陶湘《影刊宋金元明本詞·渭南詞》敍録

景宋本《渭南詞》二卷

湘案：宋本《渭南居士文集》五十卷，嘉定三年放翁子、承事郎知建康府溧陽縣主管勸農事子遹刻，所謂游字缺筆本也。子遹跋稱：「先太史未病時，故已編輯，凡命名及次第之旨，皆出遺意，今不敢紊。」又述放翁之言曰：「劍南乃詩家事，不可施于文，故別名『渭南』，如《入蜀記》、《牡丹譜》、樂府詞，本當別行，而異時或至散失，宜用廬陵所刊《歐陽公集》例，附于集後」云。四十九至五十爲詞二卷，半葉十行，行十七字。繆藝風先生從南中摹寄，未詳原本所在。

鄭文焯《大鶴山人詞話》附録手校《宋六十家詞》跋·放翁詞跋

放翁《題花間集》云：「此皆唐末五代時人作。方斯時，天下岌岌，生民救死不暇，士大夫乃流宕如此，可歎也哉。或者出於無聊故耶。」又謂：「唐自大中以後，詩衰而倚聲作，使諸人以其所長格力施於所短，則後世孰得而議。筆墨馳騁則一，能此不能彼，未易以理推也。」今讀放翁詩集，既滋多口，議其淺薄，頗有復沓之譏，而詞則能擺脱故態，斐娓可觀，其高淡處出入稼軒、于湖之間，將其所謂「詩格愈卑，而倚聲者輒簡古可愛」，請事斯語，還諸笠澤翁，當不以評泊矯枉爲予督過也。

唐圭璋《全宋詞》卷一百五十《陸游詞》跋

汲古閣刻《放翁詞》一卷，據放翁全集中之二卷長短句入録，別據《花庵詞選》補《水龍吟》（摩訶池上）一首，又依調分列，與原集目次微異。雙照樓景宋本《渭南詞》二卷，共一百三十首，即毛氏所據之底本。兹取此本，復從《耆舊續聞》補二首，《花庵詞選》補五首，《花草粹編》補一首，《劍南詩稿》卷之十九補五首，共得一百四十三首。毛斧季校本亦從《花庵詞選》補四首，然猶未據《花草粹編》補也。《四朝聞見録》又載放翁「飛上錦裀紅皺」之句，不知何調矣。

案宋史浩《鄮峯真隱詞曲》卷一有和放翁韻《鷓鴣天》、《生查子》詞二首，原詞集中未收，是放翁詞猶有散逸者，識此待訪。

附録二　總評

張侃《拙軒詞話》：陸務觀自製近體樂府，敍云：「倚聲起於唐之季世。」後見周文忠題譚該樂府云：「世謂樂府起於漢魏，蓋由惠帝有樂府令，武帝立樂府，采詩夜誦也。」唐元稹則以仲尼《文王操》、伯牙《水仙操》、齊牧犢《雉朝飛》、衛女《思歸引》爲樂府之始。以予攷之，乃賡載歌，薰兮解愠，在虞舜時，此體固已萌芽，豈止三代遺韻而已。二公之言盡矣。然樂府之壞，始於玉臺雜體。而《後庭花》等曲流入淫侈，極而變爲倚聲，則李太白、温飛卿、白樂天所作《清平調》、《菩薩蠻》、《長相思》。我朝之士，晁補之取《漁家傲》、《御街行》、《豆葉黄》作五七字句，東萊吕伯恭編入《文鑑》，爲後人矜式。又見學舍老儒云：詩三百五篇可諧律吕，李唐送舉人歌《鹿鳴》，則近體可除也。

劉克莊《後村詩話》：放翁、稼軒一掃纖豔，不事斧鑿，但時時掉書袋，要是一癖。

劉克莊《後村大全集》卷九十七《翁應星樂府序》：至於酒酣耳熱，憂時憤時之作，又如阮籍、唐衢之哭也。近世唯辛、陸二公有此氣魄。

劉克莊《後村大全集》卷一八〇《詩話續集》：放翁長短句，其激昂感慨者，稼軒不能過；飄逸高妙者，與陳簡齋、朱希真相頡頏；流麗綿密者，欲出晏叔原、賀方回之上。而歌之者絶少。

黃昇《中興以來絶妙詞選》卷二：　陸務觀，名游，號放翁，山陰人，官至煥章閣待制。　劉漫塘云：范至能、陸務觀以東南文墨之彦，至能爲蜀帥，務觀在幕府，主賓唱酬，短章大篇，人争傳誦之。

楊慎《詞品》卷五：　放翁詞纖麗處似淮海，雄慨處似東坡。

王又華《古今詞論》：　徐伯魯曰：　自樂府亡而聲律乖，謫仙始作《清平調》、《憶秦娥》、《菩薩鬘》諸詞，時因效之。　厥後行衞尉少卿趙崇祚輯爲《花間集》，凡五百闋，此近代倚聲填詞之祖也。　放翁云：「詩至晚唐五季，氣格卑陋，千人一律，而長短句獨精巧高麗，後世莫及，此事之不可曉者。」蓋傷之也。　然詩餘謂之填詞，則調有定格，字有定數，韻有定聲。　至於句之長短，雖可損益，然亦不當率意爲之。　譬諸醫家加減古方，不過因其大局而稍更之，一或太過，則失製方之本意矣。

鄒祇謨《遠志齋詞衷》：　詩家有王、孟、儲、韋一派，詞流惟務觀、仙倫、次山、少魯諸家近似，與辛、劉徒作壯語者有别。

鄒祇謨《倚聲初集序》：　南宋諸家，蔣、史、姜、吴，警邁瑰奇，窮姿構彩；　而辛、劉、陳、陸諸家，乘間代禪，鯨呑鼇擲，逸懷壯氣，超乎有高望遠舉之思。

賀裳《皺水軒詞筌》：　長調推秦、柳、周、康爲勰律，然康惟《滿庭芳》冬景一詞，可稱禁臠，餘多應酬鋪敍，非芳旨也。　周清真雖未高出，大致匀净，有柳攲花軃之致，沁人肌骨處，視淮海不徒娣姒而已。　弇州謂其能入麗字，不能入雅字，誠確。　謂能作景語不能作情語，則不盡然。　但生平景勝處爲多耳。　要此數家，正是王石廚中物，若求王武子琉璃匕内豚味，吾謂必當求之陸放翁、史邦卿、方千里、洪叔璵諸家。

沈雄《古今詞話·詞評》上卷：山陰陸務觀，母夢少游而生，故名其字而字其名。初官臨安，有「小樓一夜聽春雨，深巷明朝賣杏花」，傳入禁中，稱賞知名。韓平原招致之，作《南園》、《閱古》二記。時雖稱頌而寓勸勉意，得不及於禍，便倚酒自放，號《放翁詞》。

王奕清《歷代詞話》卷八引劉克莊語：《隨如百詠》，麗不至褻，新能化陳，周、柳、辛、陸之能事，庶乎兼之。

田同之《西圃詞説》：魏塘曹學士云：「詞之爲體如美人，而詩則壯士也。如春華，而詩則秋實也。如夭桃繁杏，而詩則勁松貞柏也。」罕譬最爲明快。然詞中亦有壯士，蘇、辛也。亦有秋實，黃、陸也。亦有勁松貞柏，岳鵬舉、文文山也。選詞者兼收並採，斯爲大觀。若專尚柔媚，豈勁松貞柏，反不如夭桃繁杏乎。

田同之《西圃詞説》：漁洋王司寇云：「自七調五十五曲之外，如王之涣《涼州》，白居易《柳枝》，王維《渭城》，流傳尤盛。此外雖以李白、杜甫、李紳、張籍之流，因事創調，篇什繁多，要其音節皆不可歌。詩之爲功既窮，而聲音之祕，勢不能無所寄，於是温、韋生而《花間》作，李、晏出而《草堂》興，此詩之餘，而樂府之變也。語其正，則南唐二主爲之祖，至漱玉、淮海而極盛，高、史其嗣響也。語其變，則眉山導其源，至稼軒、放翁而盡變，陳、劉其餘波也。有詩人之詞，唐、蜀、五代諸人是也。有文人之詞，晏、歐、秦、李諸君子是也。有詞人之詞，柳永、周美成、康與之之屬是也。有英雄之詞，蘇、陸、辛、劉是也。至是聲音之道，乃臻極致，而詞之爲功，雖百變而不窮。《花間》、《草堂》尚已。《花庵》博而雜，《尊前》約以疎，《詞統》一編，稍撮諸家之勝，然詳於隆、萬，略於啓、禎，故又有《倚聲》續《花間》、《草堂》之後。」

田同之《西圃詞説》：詩詞風氣，正自相循。貞觀、開元之詩，多尚淡遠。大曆、元和後，温、李、韋、杜漸入《香奩》，遂啓詞端。《金荃》、《蘭畹》之詞，概崇芳豔。南唐、北宋後，辛、陸、姜、劉漸脱《香奩》，仍存詩意。元則曲勝而詩詞俱掩，明則詩勝於詞，今則詩詞俱勝矣。

田同之《西圃詞説》：華亭宋尚木徵璧曰：「吾於宋詞得七人焉，曰永叔秀逸，子瞻放誕，少游清華，子野娟潔，方回鮮清，小山聰俊，易安妍婉。若魯直之蒼老，而或傷於頽。介甫之劖削，而或傷於拗。无咎之規檢，而或傷於樸。稼軒之豪爽，而或傷於霸。務觀之蕭散，而或傷於疎。此皆所謂我輩之詞也。……」

李其永《讀歷朝詞雜興》（《賀九山房詩》卷一《蓬蒿集》）之十七：不惜貂裘换釣篷，一身來往緑波中。漁竿長在桃花樹，春色山陰陸放翁。

聶先、曾王孫《名家詞鈔》卷一吴梅村（偉業）曰：澹心之詞，大要本於放翁，而點染藻豔，出脱輕俊，又得諸《金荃》、清真。此由學富而才儁，無所不詣其勝耳。

聶先、曾王孫《名家詞鈔》卷三：聶晉人（先）曰：海内詞家林立，而當行者最少。好婉孌則摹秦、柳，樂雄放則仿辛、陸。

清佚名《浣雪詞話》：今人作詞有二病。言情之作，徒學涪翁、屯田之俚鄙，少清真、淮海之含蓄蘊藉遠矣。感興之作，徒學改之、竹山之頑誕，去稼軒、放翁之沉雄跌宕遠矣。

許昂霄《詞綜偶評・補録》：南渡後，唯放翁爲詩家大宗。詞亦掃盡纖淫，超然拔俗。

尤侗《詞苑叢談序》：詞之系宋，猶詩之系唐也。唐詩有初、盛、中、晚，宋詞亦有之。唐之詩由六朝樂府而變，宋之詞由五代長短句而變。約而次之，小山、安陸其詞之初乎；淮海、清真其詞之盛乎；石帚、夢窗似得其中；碧山、玉田風斯晚矣。唐詩以李、杜爲宗，而宋詞蘇、陸、辛、劉有太白之風，秦、黄、周、柳得少陵之體；此又畫疆而理，聯騎而馳者也。

謝章鋌《賭棋山莊詞話續編》卷三述凌廷堪語：填詞之道，須取法南宋，然其中亦有兩派焉。一派爲白石，以清空爲主，高、史輔之。前則有夢窗、竹山、西麓、虚齋、蒲江，後則有玉田、聖與、公謹、商隱諸人，掃除野狐，獨標正諦，猶禪之南宗也。一派爲稼軒，以豪邁爲主，繼之者龍洲、放翁、後村，猶禪之北宗也。

方東樹《昭昧詹言》卷十二：補之詞失之繁，氣稍緩。放翁多門面客氣。乃知大家之不易得。

朱依真《僕少有論詞絶句迄今二十年燈下讀諸家詞有老此數家之意復綴六章於前論無所長人也》（況周頤《粵西詞見》）之二：范陸詩名自一時，江南江北鬢成絲。遺聲莫訝多騷屑，不任空城曉角吹。

王僧保《論詞絶句》（況周頤《選巷叢談》）之二十：絶無雅韻黄山谷，尚有豪情陸放翁。遊戲何關心性事，爲君吟詠望江東。

譚瑩《樂志堂詩集》卷六《論詞絶句一百首》之六六：　蓮花博士曲新翻，合是詩人總斷魂。飛上錦茵紅縐語，千秋遺恨記南園。

華長卿《梅莊詩鈔》卷五《嗜痂集》下《論詞絶句》之二六：　劍南詞筆闢仙根，修月全無斧鑿痕。卻怪時時掉書袋，驚他枵腹過雷門。

吴雯《論詞絶句》（《蓮洋集》）：　風筝天半玉嵌奇，本是仙人鳳管吹。一夜愁心化冰雪，韋家詩句渭南詞。

劉熙載《藝概》卷四《詞曲概》：　陸放翁詞，安雅清贍，其尤佳者在蘇、秦間。然乏超然之致、天然之韻，是以人得測其所至。

李慈銘《越縵堂讀書記》八《文學》四：　放翁詞格，殊清快迫稼軒。

譚獻《復堂詞話》：　放翁穠纖得中，精粹不少，南宋善學少游者惟陸。

譚獻《老學後庵自訂詞序》（《復堂文續》卷二）：　南宋詞人之耆壽者，前稱子野，後則放翁。放翁樂府曲而至，婉而深，跌宕而昭彰。

馮煦《蒿庵論詞》：　劍南屏除纖豔，獨往獨來，其逋峭沈鬱之概，求之有宋諸家無可方比。《提要》以爲詩人之言，終爲近雅，與詞人之冶蕩有殊，是也。至謂游欲驛騎東坡、淮海之間，故奄有其勝，而皆不能造其極，則或非放翁之本意歟。

馮煦《蒿庵論詞》：後村詞，與放翁、稼軒，猶鼎三足。其生丁南渡，拳拳君國，似放翁。志在有爲，不欲以詞人自域，似稼軒。

陳廷焯《詞壇叢話》：稼軒詞，粗粗莽莽，桀傲雄奇，出坡老之上。惟陸游《渭南集》可與抗手，但運典太多，真氣稍遜。

陳廷焯《詞壇叢話》：稼軒詞非不運典，然運典雖多，而其氣不掩，非放翁所及。

陳廷焯《白雨齋詞話》卷一：放翁詞亦爲當時所推重，幾欲與稼軒頡頏。然粗而不精，枝而不理，去稼軒甚遠。大抵稼軒一體，後人不易學步。無稼軒才力，無稼軒胸襟，又不處稼軒境地，欲於粗莽中見沉鬱，其可得乎。

陳廷焯《白雨齋詞話》卷八：東坡一派，無人能繼。稼軒同時，則有張、陸、劉、蔣輩，後起則有遺山、迦陵、板橋、心餘輩。然愈學稼軒，去稼軒愈遠，稼軒自有真耳。不得其本，徒逐其末，以狂呼叫囂爲稼軒，亦誣稼軒甚矣。

陳廷焯《白雨齋詞話》卷八：唐宋名家，流派不同，本原則一。論其派别，大約温飛卿爲一體，（皇甫子奇、南唐二主附之。）……辛稼軒爲一體，（張、陸、劉、蔣、陳、杜合者附之。）

陳廷焯《雲韶集》卷六：放翁、稼軒，掃盡綺靡，别樹詞壇一幟。然二公正自不同：稼翁詞悲而壯，如驚雷怒濤，雄視千古；放翁詞悲而鬱，如秋風夜雨，萬籟呼號，其才力真可亞於稼軒。

陳廷焯《雲韶集》卷六：人謂放翁頹放，詩詞一如其人。不知放翁之境，外患既深，内亂已作，不得不緘口結舌託頽放，其忠君愛國之心，實於子美、子瞻無異也。讀先生詞，不當觀其奔放橫逸之處，當觀其一片流離顛沛之思，哀而不傷，深得風人之旨，後之處亂世者，其有以法矣。

陳廷焯《雲韶集》卷六：（放翁詞）寓意高遠，筆力高絶，此種地步不惟秦、柳不能道，即求之唐宋諸名家亦不能到。

陳廷焯《雲韶集》卷六：放翁詞勝於詩，以詩近於粗，詞則粗精恰當。

沈曾植《菌閣瑣談》附録（一）《海日樓叢鈔》：汪叔耕莘《方壺詩餘》自敍云：「唐宋以來詞人多矣，其詞主於淫，謂不淫非詞也。余謂詞何必淫，亦顧寓意何如爾。余於詞，所喜愛三人焉。蓋至東坡而一變，其豪妙之氣，隱隱然流出言外，天然絶世，不假振作。二變而爲朱希真，多塵外之想，雖雜以微塵，而清氣白不可没。三變而爲辛稼軒，乃寫其胸中事，尤好稱淵明。此詞之三變也」云云。叔耕詞頗質木，其人蓋學道有得者。其所稱舉，則南渡初以至光、寧，士大夫涉筆詩餘者。標尚如此，略如詩有江西派。然石湖、放翁，潤以文采，要爲樂而不淫，以自别爲詩人旨格。曾端伯《樂府雅詞》，是以此意裁别者。白石老人，此派極則，詩與詞幾合同而化矣。

沈曾植《菌閣瑣談》附録（二）《手批詞話三種》（龍榆生輯）：《詞筌》：「若求王武子琉璃匕内豚味，吾謂必當求之陸放翁、史邦卿、方千里、洪叔璵諸家。」先生批云：「黄公推挹放翁，是其獨嗜。然陸與史，固判然兩途。」

沈曾植《海日碎金·劉融齋詞概評語》（《同聲月刊》第二卷第十一號）：放翁、遺山，工力並到，但賦體多而比興少耳。

陳鋭《袌碧齋詞話》：宋以後無詞，猶之唐以後無詩，詞故詩之餘也。晏、范、歐、蘇、後山、山谷、放翁，皆極一時之盛。

王國維《人間詞話》：南宋詞人，白石有格而無情，劍南有氣而乏韻。其堪與北宋人頡頏者，惟一幼安耳。

王國維《人間詞話》：有明一代，樂府道衰。《寫情》、《扣舷》，尚有宋元遺響。仁宣以後，兹事幾絶。獨文愍（夏言）以魁碩之才，起而振之。豪壯典麗，與于湖、劍南爲近。

況周頤《歷代詞人考略》卷三一：放翁詞風格雋上，亦有芊緜温麗之作。如《定風波》進賢道上見梅贈王伯壽云：「奇帽垂鞭送客回……」《鵲橋仙》云：「一竿風月……」此以清雋勝者。如《鷓鴣天》薛公肅家席上作云：「南浦舟中兩玉人……」《水龍吟》云：「摩訶池上追遊客……」此以緜麗勝者。至如《雙頭蓮》呈范致能待制云：「華鬢星星……」此闋殆矜心作意之筆，氣體尤近沈著。又如《月上海棠》詠成都城南蜀王舊苑古梅云：「斜陽廢苑朱門閉……」《珍珠簾》云：「燈前月下嬉遊處……」則尤卓然專家之作，不得謂詩人餘事矣。《絶妙好詞》録其小令三闋，殊未盡集中之勝。放翁詞中，《桃源憶故人》云：「城南載酒行歌路……」草窗所録此類是已。

蔣兆蘭《詞説》：宋代詞家，源出於唐五代，皆以婉約爲宗。自東坡以浩瀚之氣行之，遂開豪邁一派。南宋辛稼軒，運深沉之思於雄傑之中，遂以蘇辛並稱。他如龍洲、放翁、後村諸公，皆嗣響稼軒，卓卓可傳者也。嗣兹以降，詞家顯分兩派，學蘇辛者所在皆是。至清初陳迦陵，納雄奇萬變於令慢之中，而才力雄富，氣概卓犖。蘇辛派至此可謂竭盡才人能事，後之人無可措手，不容作、亦不必作也。

聞野鶴《㤪簃詞話》：陸放翁如野僧説法，清而無味。

梁啓勳《曼殊室詞話》卷三：陸放翁曰：「詩至晚唐五季，氣格卑陋，千家一律，而長短句獨精巧高麗，後世莫及。此事之不可曉者。」豈有他哉，亦曰遵「窮則變、變則通」之原理以運行而已。放翁生於南宋，所謂「後世」云者，自然是指其生在之當時。可見南宋之詞，已入窮境，等於晚唐之詩；即南宋之當代人，亦既自認爲不滿人意矣，革新之機，寧待金源。縱臨安之鐘簴不移，而詞壇亦將起革命。然以晚唐詩之委靡，變化乃起自宋詩；以南宋詞之晦澀，變化乃起自元曲。恐氣運之來，亦必有待於易代而後可致也。噫，其機微矣。

【附録】

陸游《渭南文集》卷十四《徐大用樂府序》：古樂府有《東武吟》，鮑明遠輩所作，皆名千載。蓋其山川氣俗，有以感發人意。故騷人墨客，得以馳騁上下，與荆州、邯鄲、巴東三峽之類，森然並傳，至於今不泯也。吾友徐大用家本東武，呼吸食飲於邦淇之津，蓋有以相其軼思者。故自少時，文辭雄於東州，比南歸，以政事議論顯聞薦紳。顧不肯輕出其文以沽世取富貴，三十年猶屈治中別駕，澹然莫測涯涘，獨於悲懽離合、郊亭水驛、鞍馬舟楫間，時出樂府辭，贍蔚頓挫，識者貴焉。或取其數百篇，將傳於世。大用復不可，曰：必放翁以爲可傳，則幾矣。不然，姑止。予聞而歎曰：温飛卿作《南鄉》九闋，高勝不減夢得《竹枝》，訖今無深賞音者。予其敢自謂知君哉。獨感東武山川既墮胡塵中，而大用之才久伏不耀，故爲之一言。紹熙五年三月庚寅，笠澤陸某務觀序。

陸游《渭南文集》卷二十七《跋金奩集》：飛卿《南鄉子》八闋，語意工妙，殆可追配劉夢得《竹枝》，信一時傑作也。淳熙己酉立秋，觀於國史院直廬。是日風雨，桐葉滿庭。放翁書。

陸游《渭南文集》卷二十八《跋後山居士長短句》：唐末詩益卑而樂府詞高古工妙，庶幾漢魏。陳無己詩妙天下，以其餘作辭，宜其工矣。顧乃不然，殆未易曉也。紹熙二年正月二十四日雪中試朱元亨筆，因書。

陸游《渭南文集》卷二十八《跋東坡七夕詞後》：昔人作七夕詩，率不免有珠櫳綺疏惜别之意，惟東坡此篇，居然是星漢上語，歌之曲終，覺天風海雨逼人。學詩者當以是求之。慶元元年元日，笠澤陸某書。

陸游《渭南文集》卷二十九《跋范元卿舍人書陳公實長短句後》：紹興庚申、辛酉間，予年十六七，與公實遊。時予從兄伯山、仲高、葉晦叔、范元卿，皆同場屋，六人者蓋莫逆也。公實謂予小陸兄。後六十餘年，五人皆已隔存殁。予年七十九，而公實郎君宧字伯廣者出此軸，恍然如與公實、元卿聯杖屨，均茵凴也。爲之太息彌日，因識其末。雖然，使死而有知，吾六人者安知不復相從如紹興間乎？會當相與挈手一笑，尚何歎。嘉泰癸亥十月二十九日，笠澤釣叟陸某書。

陸游《渭南文集》卷三十《跋花間集》：《花間集》皆唐末五代時人作。方斯時，天下岌岌，生民救死不暇，士大夫乃流宕如此，可歎也哉。或者亦出於無聊故邪。笠澤翁書。

又：唐自大中後，詩家日趣淺薄，其間傑出者，亦不復有前輩閎妙深厚之作，久而自厭，然梏於俗尚，不能拔出。會有倚聲作詞者，本欲酒間易曉，頗擺落故態，適與六朝跌宕意氣差近，此集所載是也。故歷唐季五代，詩愈卑而倚聲者輒簡古可愛。蓋天寶以後，詩人常恨文不逮，大中以後，詩衰而倚聲作，使諸人以其所長格力施於所短，則後世孰得而議。筆墨馳騁則一，能此不能彼，未易以理推也。開禧元年十二月乙卯，務觀東籬書。

陳世崇《隨隱漫録》卷五：陸放翁宿驛中，見題壁云：「玉階蟋蟀鬧清夜，金井梧桐辭故枝。一枕淒涼眠不得，呼燈起作感秋詩。」放翁詢之，驛卒女也，遂納爲妾。方餘半載，夫人逐之，妾賦《卜算子》云：「只知眉上愁，不識愁來路。窗外有芭蕉，陣陣黄昏雨。曉起理殘妝，整頓教愁去。不合畫春山，依舊留愁住。」

周密《齊東野語》卷十一：蜀娼類能文，蓋薛濤之遺風也。放翁客自蜀挾一妓歸，蓄之別室，率數日一往。偶以病少疎，妓頗疑之。客作詞自解，妓即韻答之云：「説盟説誓，説情説意，動便春愁滿紙。多應念得脱空經，是那箇先生教底。不茶不飯，不言不語，一味供他憔悴。相思已是不曾閑，又那得工夫呪你。」或謗翁嘗挾蜀尼以歸，即此妓也。

王士禛《池北偶談》卷十三：「玉階蟋蟀鬧清夜……」小說載此爲蜀中某驛卒女詩，放翁見之，納以爲妾，爲夫人所逐。又有《卜算子》（按應作《生查子》）云：「只知眉上愁……」按《劍南集》，此詩乃放翁在蜀時所作，前四句云：「西風繁杵擣征衣，客子關情正此時。萬事從初聊復爾，百年強半欲何之。」「玉階」作「畫堂」，「鬧」作「怨」。後人稍竄易數字，輒附會，或收入閨秀詩，可笑也。

葉申薌《本事詞》卷下：蜀妓類能文，蓋薛濤遺風也。陸放翁返自蜀，其客挾一妓偕行，歸而置之別館，率數日一往。偶以病久疏，妓頗疑之。客作詞自解，妓即韻答之云：「說盟說誓，說情說意，動便春愁滿紙。多應念得脫空經，是那個先生教底。　不茶不飯，不言不語，一味供他憔悴。相思已自不曾閑，又那得工夫咒你。」

附録三　宋史陸游傳

《宋史》卷三九五

陸游字務觀，越州山陰人。年十二能詩文，蔭補登仕郎。鎖廳薦送第一，秦檜孫塤適居其次，檜怒，至罪主司。明年試禮部，主司復置游前列，檜顯黜之，由是爲所嫉。檜死，始赴福州寧德簿，以薦者除敕令所删定官。

時楊存中久掌禁旅，游力陳非便，上嘉其言，遂罷存中。中貴人有市北方珍玩以進者，游奏：「陛下以損名齋，自經籍翰墨外，屏而不御。小臣不體聖意，輒私買珍玩，虧損聖德，乞嚴行禁絶。」應詔言：「非宗室外家，雖實有勳勞，毋得輒加王爵。頃者有以師傅而領殿前都指揮使，復有以太尉而領閤門事，瀆亂名器，乞加訂正。」遷大理寺司直，兼宗正簿。

孝宗即位，遷樞密院編修官，兼編類聖政所檢討官。史浩、黄祖舜薦游善詞章，諳典故，召見，上曰：「游力學有聞，言論剴切。」遂賜進士出身。入對言：「陛下初即位，乃信詔令以示人之時，而官吏將帥一切玩習，宜取其尤沮格者，與衆棄之。」和議將成，游又以書白二府曰：「江左自吴以來，未有捨建康他都者。駐蹕臨安，出於權宜，形勢不固，饋餉不便，海道逼近，凛然意外之憂。一和之後，盟誓已立，動有拘礙。今當與之約，建康、臨安，皆係駐蹕之地，北使朝聘，或就建康，或就臨安。如此，則我得以暇時建都立國，彼不我疑。」

時龍大淵、曾覿用事，游爲樞臣張燾言：「覿、大淵招權植黨，熒惑聖聽，公及今不言，異日將不可去。」燾遽以聞。上詰語所自來，燾以游對。上怒，出通判建康府，尋易隆興府。言者論游交結臺諫，鼓唱是非，力説張浚用兵，免歸。

久之，通判夔州。王炎宣撫川陝，辟爲幹辦公事。游爲炎陳進取之策，以爲經略中原，必自長安始；取長安，必自隴右始。當積粟練兵，有釁則攻，無則守。吴璘子挺代掌兵，頗驕恣，傾財結士，屢以過誤殺人，炎莫誰何。游請以玠子拱代挺。炎曰：「拱怯而寡謀，遇敵必敗。」游曰：「使挺遇敵，安保其不敗？就令有功，愈不可駕馭。」及挺子曦僭叛，游言始驗。范成大帥蜀，游爲參議官，以文字交，不拘禮法。人譏其頹放，因自號放翁。

後累遷江西常平提舉。江西水災，奏撥義倉賑濟，檄諸郡發粟以予民。召還，給事中趙汝愚駁之，遂與祠。起知嚴州，過闕陛辭，上諭曰：「嚴陵山水勝處，職事之暇，可以賦詠自適。」再召入見，上曰：「卿筆力回斡甚善，非他人可及。」除軍器少監。紹熙元年，遷禮部郎中，兼實録院檢討官。嘉泰二年，以孝宗、光宗兩朝實録及三朝史未就，詔游權同修國史、實録院同修撰，免奉朝請。尋兼祕書監。三年，書成，遂陞寶章閣待制，致仕。

游才氣超逸，尤長於詩。晚年再出，爲韓侂胄撰《南園》、《閲古泉記》，見譏清議。朱熹嘗言其能太高，迹太近，恐爲有力者所牽挽，不得全其晚節。蓋有先見之明焉。嘉定二年卒，年八十五。

附録四　陸游年譜簡編

宋徽宗宣和七年乙巳(一一二五)一歲

十月十七日,生於淮上。

父宰,時由淮南路轉運副使改任京西路轉運副使,自壽春奉詔朝京師,艤船淮岸,生務觀。即赴新任,寓家滎陽。

欽宗靖康元年丙午(一一二六)二歲

父宰坐御史徐秉哲論罷,南還壽春,或此年事。

高宗建炎元年丁未(一一二七)三歲

隨家渡河沿汴,涉淮絶江,間關兵間,歸山陰舊廬。

建炎二年戊申(一一二八)四歲

建炎三年己酉(一一二九)五歲

建炎四年庚戌(一一三〇)六歲

父宰謀避兵遠遊，攜家適東陽，依陳彦聲居，三年乃歸。

紹興元年辛亥（一一三一）七歲

紹興二年壬子（一一三二）八歲

紹興三年癸丑（一一三三）九歲

自東陽返里。

紹興四年甲寅（一一三四）十歲

紹興五年乙卯（一一三五）十一歲

紹興六年丙辰（一一三六）十二歲

能詩文，蔭補登仕郎。

紹興七年丁巳（一一三七）十三歲

紹興八年戊午（一一三八）十四歲

紹興九年己未（一一三九）十五歲

紹興十年庚申（一一四〇）十六歲

至臨安應試。

紹興十一年辛酉（一一四一）十七歲

紹興十二年壬戌（一一四二）十八歲

學作詩，從曾幾游。

紹興十三年癸亥（一一四三）十九歲

以試南省至臨安。

紹興十四年甲子（一一四四）二十歲

上元在臨安，從舅光州通守唐仲俊招觀燈。與唐氏結婚，蓋在此時。

紹興十五年乙丑（一一四五）二十一歲

紹興十六年丙寅（一一四六）二十二歲

與唐氏仳離，繼娶王氏，當在此年前後。

紹興十七年丁卯（一一四七）二十三歲

父宰卒，年六十歲。

紹興十八年戊辰（一一四八）二十四歲

長子子虡生。

紹興十九年己巳（一一四九）二十五歲

紹興二十年庚午（一一五〇）二十六歲

仲子子龍生。

紹興二十一年辛未（一一五一）二十七歲

三子子修生。

紹興二十二年壬申（一一五二）二十八歲

紹興二十三年癸酉（一一五三）二十九歲

赴鎖廳試。陳之茂爲兩浙轉運司考試官，時秦檜孫塤以右文殿修撰來就試，直欲首送，之茂得務觀文卷，擢置第一，秦氏大怒。

紹興二十四年甲戌（一一五四）三十歲

試禮部，主試復置務觀前列，爲秦檜黜落。

紹興二十五年乙亥（一一五五）三十一歲

務觀初娶唐氏，于其母夫人爲姑姪，伉儷相得而弗獲其姑，遂至離異。唐後改適同郡趙士程。一日，相遇于禹迹寺南之沈氏小園，悵然久之，賦詞題于園壁。（宋周密《齊東野語》卷一以爲所題即《釵頭鳳》詞，「實紹興乙亥歲」；宋陳鵠《耆舊續聞》卷十，則云曾親見于沈園壁間，乃「辛未三月題」。辛未爲紹興二十一年，前此四年。詳見本詞箋。）

紹興二十六年丙子（一一五六）三十二歲

四子子坦生。

紹興二十七年丁丑（一一五七）三十三歲

紹興二十八年戊寅（一一五八）三十四歲

秦檜死，始除右迪功郎福州寧德縣主簿。時處州朱孝聞景參爲尉，二人情好甚篤。

紹興二十九年己卯（一一五九）三十五歲

調官爲福州決曹。

秋晚，與朱景參會于福州北嶺嶺下僧舍，贈以《青玉案》（西風挾雨聲翻浪）詞。

紹興三十年庚辰（一一六〇）三十六歲

正月，别福州北歸。

五月，以薦者除敕令所删定官。

紹興三十一年辛巳（一一六一）三十七歲

七月癸未，遷大理司直，兼宗正簿。

冬以敕令所罷，返里一行。復入都，官于玉牒所。

紹興三十二年壬午（一一六二）三十八歲

六月，孝宗即位。

九月十一日，詔敕令所可改爲編類聖政所。務觀首預其選，除樞密院編修官，兼編類聖政所檢討官。與范成大、周必大等同官。

史浩、黄祖舜薦務觀善詞章，諳典故。召見，賜進士出身。

孝宗隆興元年癸未（一一六三）三十九歲

五月癸巳，除左通直郎通判鎮江府。

自都還里中。

隆興二年甲申（一一六四）四十歲

二月己巳，到鎮江通判任。

秋日，知鎮江府事方滋邀客遊多景樓，賦《水調歌頭》（江左占形勝）詞，張孝祥書而刻之崖石。

閏十一月壬申，韓元吉以新番陽守來鎮江省親。二人别已逾年，相與道故，甚樂。

乾道元年乙酉（一一六五）四十一歲

正月辛亥，元吉以考功郎徵。賦《赤壁詞》（禁門鐘曉）詞簡之，招與同游金山。又賦《浣沙溪》（懶向沙頭醉玉瓶）詞和元吉韻，乃元吉行前之作。

七月，改任通判隆興軍事。將離，賦《滿江紅》（危堞朱欄）詞。同官祖餞於丹陽浮玉亭，賦《浪淘沙》（緑樹暗長亭）詞。

冬日，於進賢道上見梅，賦《定風波》（欹帽垂鞭送客回）詞，贈王伯壽。

乾道二年丙戌（一一六六）四十二歲

正月，第五子子約生。

以言官彈劾謂其「交結臺諫，鼓唱是非，力説張浚用兵」。免歸。離南昌日，賦《戀繡衾》（雨斷西山晚照明）詞贈别。

始卜築鏡湖之三山，賦《鷓鴣天》（家住蒼煙落照間、插脚紅塵已是顛、懶向青門學種瓜）詞三首。

時方滋爲兩浙轉運副使，攜妓過訪，爲賦《采桑子》（三山山下閒居士）詞。

自書《大聖樂》（電轉雷驚）詞。

乾道三年丁亥（一一六七）四十三歲

乾道四年戊子（一一六八）四十四歲

乾道五年己丑（一一六九）四十五歲

十二月六日得報，以左奉議郎差通判夔州軍州事。方久病，未堪遠役，謀以明年夏初離鄉里。

乾道六年庚寅（一一七〇）四十六歲

閏五月十八日，離山陰赴夔州通判任。

十月二十七日，至夔州。成《入蜀記》六卷。

時濟南王伯庠知州事。冬日，賦《滿江紅》（疎蕊幽香）詞，催伯庠尋梅之集。立春日，賦《感皇恩》（春色到人間）詞，賀伯庠生日。

乾道七年辛卯（一一七一）四十七歲

八月，知州事王伯庠移牧永嘉，賦《驀山溪》（元戎十乘）詞送行。

立春日，賦《木蘭花》（三年流落巴山道）詞。

乾道八年壬辰（一一七二）四十八歲

樞密使王炎宣撫四川，駐漢中，辟幕府，以左承議郎權四川宣撫使司幹辦公事兼檢法官。正月，自夔州啓行赴南鄭。

途經果州，臨離，賦《臨江仙》（鳩雨催成新緑）詞。

宿葭萌驛，賦《鷓鴣天》（看盡巴山看蜀山）詞。

寒食前抵益昌，去時賦《蝶戀花》（陌上簫聲寒食近）詞。

三月，抵南鄭。春末，賦《望梅》（壽非金石）詞。

夏，賦《浣沙溪》（浴罷華清第二湯）詞，乃席上贈妓之作。

九月，宣撫使王炎召赴都堂治事，幕僚皆散去，改除成都府安撫司參議官。十一月二日，自漢中適成都。

途中再宿葭萌驛，賦《清商怨》（江頭日暮痛飲）詞。

左綿道中，賦《齊天樂》（角殘鐘晚關山路）詞。

歲暮，始達成都。

乾道九年癸巳（一一七三）四十九歲

初至成都，賦《漢宫春》（羽箭雕弓）詞。

正月，王炎罷樞密使，以觀文殿學士提舉臨安府洞霄宫。賦《夜遊宫》（獨夜寒侵翠被）詞寄慨。

與蜀中名士譚季壬締交。

是春權通判蜀州事。未幾，自蜀州暫還成都。

知成都府葉衡改知建康府，賦《鷓鴣天》（家住東吴近帝鄉）詞送行。

夏季，攝知嘉州事。路經眉山，識隱士師渾甫。

賦《烏夜啼》（簷角楠陰轉日）詞，題嘉州東堂。

賦《蝶戀花》（水漾萍根風卷絮）詞懷眉山舊遊。

淳熙元年甲午（一一七四）五十歲

春，離嘉州，還蜀州任。

州署西偏有西湖，以爲栖遲遊憩之所，賦《蘇武慢》（澹靄空濛）詞。

冬，攝知榮州事。取道青城，游丈人觀，夜登玉華樓，賦《木蘭花慢》（閲邯鄲夢境）詞。

第六子子布生。

游龍洞，賦《鵲山溪》（窮山孤壘）詞。

賦《好事近》（羈雁未成歸）詞寄張真甫成都。

除夕，得制置司檄，除朝奉郎成都府路安撫司參議官，兼四川制置使司參議官。

淳熙二年乙未（一一七五）五十一歲

正月七日，遊龍洞，賦《齊天樂》（客中隨處閒消悶）詞。

小宴城北雙溪上之横谿閣，賦《沁園春》（粉破梅梢）詞。

賦《水龍吟》（尊前花底尋春處）詞懷妓。榮州郡治之西，因子城作樓觀，曰高齋，下臨山村。留榮七十日，被命參成都戎幕。臨行，賦《桃源憶故人》（斜陽寂歷柴門閉）詞。

正月十日，别榮州，于應靈道中回顧高齋，又賦《桃源憶故人》（欄干幾曲高齋路）詞。

得從兄升之訃。在此前曾賦《漁家傲》（東望山陰何處是）詞寄升之。

六月，敷文閣直學士范成大來知成都府權四川制置使，延任幕僚。賓主唱酬，人争傳誦。

秋，賦《南歌子》（異縣相逢晚）詞，送周機宜之益昌。

淳熙三年丙申（一一七六）五十二歲

夏初，免官。

六月，得領祠禄，主管台州桐柏山崇道觀。

人譏其頽放，因自號放翁。

青城山人來成都，淳熙元年冬識于山中丈人觀者。賦《烏夜啼》（我校丹臺玉字）詞贈之。

淳熙四年丁酉（一一七七）五十三歲

六月，范成大還朝，送至眉州。

得都下八月書報，差知敍州軍州事。

師渾甫卒，前此曾賦《夜遊宫》（雪曉清笳亂起）記夢詞寄之。

廣都宇文紹奕去邛州任來成都，和其《好事近》詞，作（客路苦思歸）一首。

淳熙五年戊戌（一一七八）五十四歲

正月，孝宗念務觀在外日久，趣召東歸。

按務觀自乾道六年入蜀，至淳熙五年東歸，在蜀首尾共歷九載。其蜀中詞作年可考者舉如上，作年莫考者分類寫目于後，以俟再考：

代人作，有《朝中措》（怕歌愁舞懶逢迎）詞，代譚季壬贈妓。

游宴之作，有《漢宫春》（浪迹人間）；《柳梢青》（錦里繁華）詞，張園賞海棠作，園爲故蜀燕王宫，海棠之盛，爲成都第一；《月上海棠》（斜陽廢苑朱門閉）詞，成都城南蜀王舊苑賞梅作；《水龍吟》（摩訶池上追遊路）詞，春日遊摩訶池作。

懷歸之作，有《感皇恩》（小閣倚秋空）詞。

贈妓之作，有《鷓鴣天》（南浦舟中兩玉人）詞，薛公肅家席上作。又有《桃源憶故人》（城南載酒行歌路）詞。

詠物之作，有《鵲橋仙》（茅簷人静），夜聞杜鵑詞。

別成都，再遊眉州，至瀘州，自涪州、忠州、萬州放船出峽。

在忠州，州守王某招宴，席上賦《玉蝴蝶》（倦客平生行處）詞。

江行途中，賦《南鄉子》（歸夢寄吴檣）詞，又賦《好事近》（湓口放船歸）詞。

將抵行在，賦《蝶戀花》（桐葉晨飄蛩夜語）詞。

秋抵行在，召對，除提舉福建常平茶鹽公事。　赴任前，返里一行，賦《好事近》（歲晚喜東歸、華表又千年）、《沁園春》（孤鶴歸飛）、《繡停針》（歎半紀）、《風入松》（十年裘馬錦江濱）諸詞。

冬，赴建安任。

幼子子遹生。

淳熙六年己亥（一一七九）五十五歲

秋季，離建安任。

途中奏乞奉祠，留衢州皇華館待命。

改除朝請郎提舉江南西路常平茶鹽公事。

十二月，到撫州任。

淳熙七年庚子（一一八〇）五十六歲

十一月，被命詣行在所。　由弋陽取道衢州，至嚴州壽昌縣界，得旨，許免入奏，仍除外官。　陸行至桐廬，始泛江東歸。旋爲給事中趙汝愚所劾，遂奉祠。

淳熙八年辛丑（一一八一）五十七歲

淳熙九年壬寅（一一八二）五十八歲

除朝奉大夫，主管成都府玉局觀。

淳熙十年癸卯（一一八三）五十九歲

淳熙十一年甲辰（一一八四）六十歲

淳熙十二年乙巳（一一八五）六十一歲

西興贈别，賦《柳梢青》（十載江湖）詞。

淳熙十三年丙午（一一八六）六十二歲

春，除朝請大夫，權知嚴州軍州事。

按淳熙七年冬，奉祠家居，至本年春起知嚴州，其間留居山陰歷五年餘。其在山陰賦詞多無作年可考，兹寫目于後，以俟再考：

《好事近》（揮袖上西峯、小倦帶餘酲、風露九霄寒、揮袖别人間、覓箇有緣人、秋曉上蓮峯、平旦出秦關、混迹寄人間）。

《烏夜啼》（世事從來慣見、素意幽棲物外、園館青林翠樾、從宦元知漫浪、紈扇嬋娟素月）。

《洞庭春色》（壯歲文章）。
《桃源憶故人》（一彈指頃浮生過）。
《豆葉黄》（春風樓上柳腰肢、一春常是雨和風）。
《菩薩蠻》（江天淡碧雲如掃、小院蠶眠春欲老）。
《訴衷情》（當年萬里覓封侯、青衫初入九重城）。
《生查子》（還山荷主恩、梁空燕委巢）。
《破陣子》（仕至千鍾良易、看破空花塵世）。
《點絳唇》（采藥歸來）。
《一落索》（滿路遊絲飛絮、識破浮生虚妄）。
《杏花天》（老來駒隙騣騣度）。
《太平時》（竹裏房櫳一徑深）。
《戀繡衾》（不惜貂裘换釣篷、無方能駐臉上紅）。
《蝶戀花》（禹廟蘭亭今古路）。

七月三日，到嚴州任。

淳熙十四年丁未（一一八七）六十三歲

刻成《劍南詩稿》二十卷，凡二千五百餘首。知建德縣事眉山蘇林編次，括蒼鄭師尹爲之序。

冬夜，燈下讀張志和《漁歌》，因懷山陰故隱，追擬《漁夫》五首（石帆山下雨空濛、晴山滴翠水挼藍、鏡湖俯仰兩青天、湘湖煙雨長蓴絲、長安拜免幾公卿）。

《鵲橋仙》（華燈縱博、一竿風月）二詞，皆嚴州任上作，姑列于此。

淳熙十五年戊申（一一八八）六十四歲

嚴州任滿，七月十日抵家。

八月下澣，白書《長相思》（雲千重、橋如虹、面蒼然、暮山青、悟浮生）五首。

冬，除軍器少監，入都。

淳熙十六年己酉（一一八九）六十五歲

二月，光宗即位。

除朝議大夫、禮部郎中。

《鷓鴣天》（杖屨尋春苦未遲）詞似作于是年春。

炊熟日，作《長短句序》，謂：「少時汩于世俗，頗有所爲。晚而悔之，然漁歌菱唱，猶不能止。」并有「今絶筆已數年」之語。

七月，兼實録院檢討官。

賦《南鄉子》（早歲入皇州）詞。

十一月二十八日，爲諫議大夫何澹所劾，詔罷官，返故里。

光宗紹熙元年庚戌（一一九〇）六十六歲

除中奉大夫，提舉建寧府武夷山沖祐觀。

紹熙二年辛亥（一一九一）六十七歲

紹熙三年壬子（一一九二）六十八歲

遊禹迹寺南沈氏園。四十年前嘗題小闋壁間，今園已易主，見舊詞石刻于壁。悵然賦詩。

紹熙四年癸丑（一一九三）六十九歲

紹熙五年甲寅（一一九四）七十歲

《謝池春》（壯歲從戎、賀監湖邊、七十衰翁）詞三首，作于是年前後。

寧宗慶元元年乙卯（一一九五）七十一歲

名讀書室曰老學庵。

慶元二年丙辰（一一九六）七十二歲

慶元三年丁巳（一一九七）七十三歲

慶元四年戊午（一一九八）七十四歲

慶元五年己未（一一九九）七十五歲

五月，上章請老致仕。七月，拜致仕敕。

慶元六年庚申(一二〇〇)七十六歲

嘉泰元年辛酉(一二〇一)七十七歲

嘉泰二年壬戌(一二〇二)七十八歲

五月,朝廷以孝宗、光宗兩朝實録及三朝史未就,宣召以元官提舉佑神觀兼實録院同修撰兼同修國史,免奉朝請。六月十四日入都。十二月,除祕書監。以韓侂胄方欲伐金,起用抗金諸名流也。

嘉泰三年癸亥(一二〇三)七十九歲

正月,除寶謨閣待制。

四月,爲韓侂胄作《閱古泉記》。

韓侂胄招游宴,出所愛四夫人,擘阮琴起舞,因索詞。爲賦詞有「飛上錦裀紅縐」之語。

以《孝宗實録》、《光宗實録》成,上疏請守本官致仕,不允;再上劄子,始得敕,除提舉江州太平興國宫。五月十四日,離行在歸。

嘉泰四年甲子(一二〇四)八十歲

開禧元年乙丑(一二〇五)八十一歲

開禧二年丙寅(一二〇六)八十二歲

開禧三年丁卯（一二〇七）八十三歲

晉封渭南伯。

嘉定元年戊辰（一二〇八）八十四歲

嘉定二年己巳（一二〇九）八十五歲

春季被劾，落寶謨閣待制。

十二月二十九日逝世。臨終，賦《示兒》詩。

訂補後記

夏承燾、吴熊和《放翁詞編年箋注》初版於一九八一年，以考訂翔實、箋注精審而著稱，雖歷三十餘載，至今仍爲陸游詞研究之基本文獻及最重要之整理成果。本次增訂，其補苴罅漏者，略有如下數端：

一、補箋及補校。如《釵頭鳳》詞「黄縢酒」條補陳師道、王珪二詩；《青玉案》詞「朱景參」條，據《浙江通志》補其籍貫；《好事近》詞「張真甫」條據《南宋館閣録》及張氏《補夔州大晟樂記》等補考張震籍貫及仕履；《朝中措》詞「譚德稱」條據《南湖集》、《誠齋集》及《劍南詩稿》補考譚氏仕履及卒年；《蝶戀花》詞「小益」條據《太平寰宇記》、《齊天樂》詞「左綿」條據《方輿勝覽》補其得名之由來等。部分詞作據《詞繫》等書所引略加補校。

二、輯評。搜討宋元明清以來各類詞選、詞評、詞話、序跋、論詞絶句之中有關放翁詞之評論、解説，分附各詞之後，以供學者參證。

三、總評。彙輯歷代詞論家關涉放翁詞之總體評價者，及放翁《渭南文集》中如《徐大用樂府序》、《跋金奩集》等數篇詞論文字，隸於書末爲總評及附録。

四、增補序跋。如放翁《長短句序》、毛斧季跋、鄭文焯《放翁詞跋》等。數十年來，陸游詩文及生平家世之研究，成果斐然，於推進放翁詞研究頗有助益。如本書《釵頭鳳》編年從舊説定爲山陰游沈氏園遇唐氏作，而夏承燾先生於其《天風閣學詞日記》中即曾謂《釵頭鳳》乃蜀中作，吴熊和師則進而提出《釵頭鳳》與唐婉、沈園無涉之見解，甚爲學界所重。然瞿禪翁仙逝已久，前輩撰述，自有體例，非後學所敢輕議。爲保存著作原貌，本次訂補，於放翁詞之編年及次第，仍其舊貫，以示謹重。

本書訂補，受吴熊和師委託及指點，並得夏承燾先生遺屬吴常雲先生支持，上海古籍出版社馬顥、查明昊諸先生尤費心力，謹一並致謝。

陶　然

二〇一二年五月

謹識於浙江大學

秋笳集	[清]吴兆騫撰　麻守中校點
漁洋精華録集釋	[清]王士禛著 李毓芙、牟通、李茂肅整理
聊齋志異會校會注會評本	[清]蒲松齡著　張友鶴輯校
敬業堂詩集	[清]查慎行著　周劭標點
納蘭詞箋注	[清]納蘭性德著　張草紉箋注
方苞集	[清]方苞著　劉季高校點
樊榭山房集	[清]厲鶚著　[清]董兆熊注 陳九思標校
劉大櫆集	[清]劉大櫆著　吴孟復標點
儒林外史彙校彙評(增訂版)	[清]吴敬梓著　李漢秋輯校
小倉山房詩文集	[清]袁枚著　周本淳標校
忠雅堂集校箋	[清]蔣士銓著　邵海清校 李夢生箋
甌北集	[清]趙翼著　李學穎、曹光甫校點
惜抱軒詩文集	[清]姚鼐著　劉季高標校
兩當軒集	[清]黄景仁著　李國章校點
惲敬集	[清]惲敬著　萬陸、謝珊珊、林振岳標校　林振岳集評
茗柯文編	[清]張惠言著　黄立新校點
瓶水齋詩集	[清]舒位著　曹光甫點校
龔自珍全集	[清]龔自珍著　王佩諍校點
龔自珍詩集編年校注	[清]龔自珍著　劉逸生、周錫䪖校注
水雲樓詩詞箋注	[清]蔣春霖著　劉勇剛箋注
人境廬詩草箋注	[清]黄遵憲著　錢仲聯箋注
嶺雲海日樓詩鈔	[清]丘逢甲著　丘鑄昌標點

袁宏道集箋校	[明]袁宏道著　錢伯城箋校
珂雪齋集	[明]袁中道著　錢伯城點校
隱秀軒集	[明]鍾惺著　李先耕、崔重慶標校
譚元春集	[明]譚元春著　陳杏珍標校
張岱詩文集(增訂本)	[明]張岱著　夏咸淳輯校
陳子龍詩集	[明]陳子龍著 施蟄存、馬祖熙標校
夏完淳集箋校(修訂本)	[明]夏完淳著　白堅箋校
牧齋初學集	[清]錢謙益著　[清]錢曾箋注 錢仲聯標校
牧齋有學集	[清]錢謙益著　[清]錢曾箋注 錢仲聯標校
牧齋雜著	[清]錢謙益著　[清]錢曾箋注 錢仲聯標校
牧齋初學集詩注彙校	[清]錢謙益著　[清]錢曾箋注 卿朝暉輯校
李玉戲曲集	[清]李玉著 陳古虞、陳多、馬聖貴點校
吴梅村全集	[清]吴偉業著　李學穎集評標校
歸莊集	[清]歸莊著
顧亭林詩集彙注	[清]顧炎武著　王蘧常輯注 吴丕績標校
安雅堂全集	[清]宋琬著　馬祖熙標校
吴嘉紀詩箋校	[清]吴嘉紀著　楊積慶箋校
陳維崧集	[清]陳維崧著　陳振鵬標點 李學穎校補
屈大均詩詞編年校箋	[清]屈大均著　陳永正等校箋

放翁詞編年箋注（增訂本）	［宋］陸游著　夏承燾、吴熊和箋注 陶然訂補
渭南文集箋校	［宋］陸游著　朱迎平箋校
范石湖集	［宋］范成大撰　富壽蓀標校
范成大集校箋	［宋］范成大撰　吴企明校箋
于湖居士文集	［宋］張孝祥著　徐鵬校點
稼軒詞編年箋注（定本）	［宋］辛棄疾撰　鄧廣銘箋注
辛棄疾詞校箋	［宋］辛棄疾著　吴企明校箋
姜白石詞編年箋校	［宋］姜夔著　夏承燾箋校
後村詞箋注	［宋］劉克莊著　錢仲聯箋注
瀛奎律髓彙評	［元］方回選評　李慶甲集評校點
雁門集	［元］薩都拉著 殷孟倫、朱廣祁校點
揭傒斯全集	［元］揭傒斯著　李夢生標校
高青丘集	［明］高啓著　［清］金檀注 徐澄宇、沈北宗校點
唐寅集	［明］唐寅著　周道振、張月尊輯校
文徵明集（增訂本）	［明］文徵明著　周道振輯校
震川先生集	［明］歸有光著　周本淳校點
海浮山堂詞稿	［明］馮惟敏著 凌景埏、謝伯陽標校
滄溟先生集	［明］李攀龍著　包敬第標校
梁辰魚集	［明］梁辰魚著　吴書蔭編集校點
沈璟集	［明］沈璟著　徐朔方輯校
湯顯祖詩文集	［明］湯顯祖著　徐朔方箋校
湯顯祖戲曲集	［明］湯顯祖著　錢南揚校點
白蘇齋類集	［明］袁宗道著　錢伯城校點

歐陽修詞校注	[宋]歐陽修著　胡可先、徐邁校注
蘇舜欽集	[宋]蘇舜欽著　沈文倬校點
嘉祐集箋注	[宋]蘇洵著　曾棗莊、金成禮箋注
王荆文公詩箋注(修訂版)	[宋]王安石著　[宋]李壁箋注　高克勤點校
王令集	[宋]王令著　沈文倬校點
蘇軾詩集合注	[宋]蘇軾著　[清]馮應榴注　黄任軻、朱懷春校點
東坡樂府箋	[宋]蘇軾著　[清]朱孝臧編年　龍榆生校箋
東坡詞傅幹注校證	[宋]蘇軾著　[宋]傅幹注　劉尚榮校證
欒城集	[宋]蘇轍著　曾棗莊、馬德富校點
山谷詩集注	[宋]黄庭堅著　[宋]任淵、史容、史季温注　黄寶華點校
山谷詩注續補	[宋]黄庭堅著　陳永正、何澤棠注
山谷詞校注	[宋]黄庭堅著　馬興榮、祝振玉校注
淮海集箋注	[宋]秦觀撰　徐培均箋注
淮海居士長短句箋注	[宋]秦觀著　徐培均箋注
清真集箋注	[宋]周邦彦著　羅忼烈箋注
石門文字禪校注	[宋]釋惠洪撰　周裕鍇校注
石林詞箋注	[宋]葉夢得著　蔣哲倫箋注
樵歌校注	[宋]朱敦儒著　鄧子勉校注
李清照集箋注(修訂本)	[宋]李清照著　徐培均箋注
吕本中詩集箋注	[宋]吕本中著　祝尚書箋注
陳與義集校箋	[宋]陳與義著　白敦仁校箋
蘆川詞箋注	[宋]張元幹著　曹濟平箋注
劍南詩稿校注	[宋]陸游著　錢仲聯校注

韓昌黎文集校注	[唐]韓愈著　馬其昶校注 馬茂元整理
劉禹錫集箋證	[唐]劉禹錫著　瞿蜕園箋證
白居易集箋校	[唐]白居易著　朱金城箋校
柳宗元詩箋釋	[唐]柳宗元著　王國安箋釋
柳河東集	[唐]柳宗元著　[宋]廖瑩中輯注
元稹集校注	[唐]元稹著　周相録校注
長江集新校	[唐]賈島著　李嘉言新校
張祜詩集校注	[唐]張祜著　尹占華校注
三家評注李長吉歌詩	[唐]李賀著　[清]王琦等評注 蔣凡校點
樊川文集	[唐]杜牧著　陳允吉校點
樊川詩集注	[唐]杜牧著　[清]馮集梧注
温飛卿詩集箋注	[唐]温庭筠著　[清]曾益等箋注
玉谿生詩集箋注	[唐]李商隱著　[清]馮浩箋注 蔣凡校點
樊南文集	[唐]李商隱著　[清]馮浩詳注 錢振倫、錢振常箋注
皮子文藪	[唐]皮日休著　蕭滌非、鄭慶篤整理
鄭谷詩集箋注	[唐]鄭谷著 嚴壽澂、黄明、趙昌平箋注
韋莊集箋注	[五代]韋莊著　聶安福箋注
李璟李煜詞校注	[南唐]李璟、李煜著　詹安泰校注
張先集編年校注	[宋]張先著　吴熊和、沈松勤校注
二晏詞箋注	[宋]晏殊、晏幾道著　張草紉箋注
樂章集校箋	[宋]柳永著　陶然、姚逸超校箋
梅堯臣集編年校注	[宋]梅堯臣著　朱東潤編年校注
歐陽修詩文集校箋	[宋]歐陽修著　洪本健校箋

蕭繹集校注	［南朝梁］蕭繹著　陳志平、熊清元校注
玉臺新咏彙校	吴冠文、談蓓芳、章培恒彙校
王績集會校	［唐］王績著　韓理洲校點
王梵志詩校注（增訂本）	［唐］王梵志著　項楚校注
盧照鄰集箋注	［唐］盧照鄰著　祝尚書箋注
駱臨海集箋注	［唐］駱賓王著　［清］陳熙晉箋注
王子安集注	［唐］王勃著　［清］蔣清翊注
陳子昂集（修訂本）	［唐］陳子昂撰　徐鵬校點
孟浩然詩集箋注（增訂本）	［唐］孟浩然著　佟培基箋注
王右丞集箋注	［唐］王維著　［清］趙殿成箋注
李白集校注	［唐］李白著　瞿蜕園、朱金城校注
高適集校注（修訂本）	［唐］高適著　孫欽善校注
杜詩趙次公先後解輯校	［唐］杜甫著　［宋］趙次公注　林繼中輯校
新刊校定集注杜詩	［唐］杜甫著　［宋］郭知達輯注　聶巧平點校
新定杜工部草堂詩箋斠證	［唐］杜甫著　［宋］魯訔編　［宋］蔡夢弼會箋　曾祥波新定斠證
杜詩鏡銓	［唐］杜甫著　［清］楊倫箋注
錢注杜詩	［唐］杜甫著　［清］錢謙益箋注
杜甫集校注	［唐］杜甫著　謝思煒校注
岑參集校注	［唐］岑參著　陳鐵民、侯忠義校注
戴叔倫詩集校注	［唐］戴叔倫著　蔣寅校注
韋應物集校注（增訂本）	［唐］韋應物著　陶敏、王友勝校注
權德輿詩文集	［唐］權德輿撰　郭廣偉校點
王建詩集校注	［唐］王建著　尹占華校注
韓昌黎詩繫年集釋	［唐］韓愈著　錢仲聯集釋

《中國古典文學叢書》已出書目

詩經今注	高亨注
楚辭集注	[宋]朱熹撰　黄靈庚點校
楚辭今注	湯炳正、李大明、李誠、熊良智注
司馬相如集校注	[漢]司馬相如著　金國永校注
揚雄集校注	[漢]揚雄著　張震澤校注
張衡詩文集校注	[漢]張衡著　張震澤校注
阮籍集	[魏]阮籍著　李志鈞等校點
陸機集校箋	[晉]陸機著　楊明校箋
陶淵明集校箋(修訂本)	[晉]陶潛著　龔斌校箋
世説新語箋疏(修訂本)	[南朝宋]劉義慶撰　余嘉錫箋疏　周祖謨等整理
世説新語校釋(增訂本)	[南朝宋]劉義慶撰　[南朝梁]劉孝標注　龔斌校釋
鮑參軍集注	[南朝宋]鮑照著　錢仲聯增補集説校
謝宣城集校注	[南朝齊]謝朓著　曹融南校注集説
江文通集校注	[南朝梁]江淹著　丁福林、楊勝朋校注
文心雕龍義證	[南朝梁]劉勰著　詹鍈義證
詩品集注(增訂本)	[梁]鍾嶸著　曹旭集注
文選	[梁]蕭統編　[唐]李善注